to love,
to be yourself.

愛的每一刻，
都能安心做自己！

阿德勒勇氣心理學的情感日常練習

---

to love,
to be yourself.

吳若權

目次

03 不安的時刻

04 誘惑的時刻

05 計較的時刻

06 思念的時刻

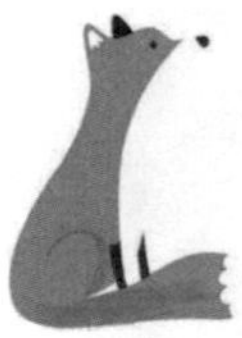

07 謊言的時刻

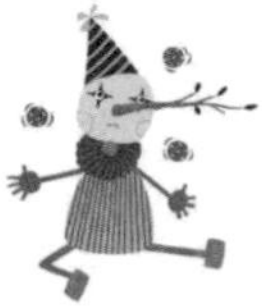

08 嫉妒的時刻

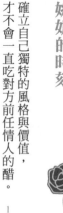

09 爭執的時刻

10 浪漫的時刻

11 麻木的時刻

12 分手的時刻

曾經以為愛就要愛到壯闊波瀾，

直到幾次心碎於高潮迭起的驚滔駭浪，

才知道兩個人相處的最高境界，

其實是水波不興的心安。

無論你在我身邊，或是遠方，

放任憂傷漂泊，迎接幸福靠岸，

彼此之間的篤定，讓愛無比堅強。

自序

愛的每一刻，都能安心做自己！

真正的愛情，彼此給對方最珍貴的禮物，就是：在愛的每一刻，都能安心做自己。

每一段愛情，都是內在自戀與自卑的投射。

我們都曾經試圖在追求愛情的路上，尋找一個跟自己想法很像的人。然後，在相愛時因為付出太多而不斷受傷。實情卻是我們總以為自己不夠好，而習以為常地擺出犧牲的姿態，委曲求全地向對方乞討更多的愛。然而，對方並沒有看到你的卑微，你義無反顧地慷慨付出，反而讓他顯得更自卑。

雙方都希望被對方寵愛，但都欠缺足夠的安全感，無法以彼此期待的方式付出愛，也不懂得如何接受對方的施予，並表達感恩。以這樣的互動模式相處，遲早都會在愛情的路上，踢到大鐵板。

愛情中碰到的每一個困境，都來自童年不夠被愛、或過度溺愛的經驗。唯有陪自己回到童年，重新學會好好愛自己，才能懂得如何正確地被愛，以及付出愛給別人！

當我們漸漸長大，父母慢慢變老，再多的追溯與責怪，只會讓親子之間的傷痕更難療癒；必須反其道而行，去理解與體諒父母，在他們還不知道如何為人父母的年代，用了讓我們感覺不夠被愛、或過度溺愛的方式對待。

那些所有的不安與心慌，曾經讓我們誤以為是愛的渴望，直到我們在誤解的愛中不斷受傷，發現有伴侶還比單身時更加不安、更加心慌，這時候才恍然明白：**原來只有自己可以完整自己，而不是靠對方來彌補自己內心對愛的匱乏感。**

可是，如果沒有那些不安與心慌，我們也可能失去對於愛的追求與渴望。**人生，總是要學習到「原來那不是愛」的經驗，才知道愛是什麼。幸而，可以透過**

學習，縮短摸索的過程，降低受傷的次數。

阿德勒勇氣心理學指出：**父母的教養方式，對子女的人格特質影響至深，連子女在家庭的排序，都形塑他未來在感情表現的樣貌。一個人必須克服自卑，發展社會興趣，健全人際關係，才能擁有幸福的感情與婚姻。**他很重視性別平等，強調感情不該是一場征戰，要學會用另一半的眼睛去看，用另一半的耳朵去聽，用另一半的心去感受。他對於感情與婚姻有極高的推崇，認為：兩人共組家庭是對整體社會利他的行為，人類才能因此延續生命。

透過對阿德勒勇氣心理學的研究與實踐，**當我們經由認識內在的自卑，而超越了心理的恐懼，不再主導與操控別人的議題，徹底而純粹地還原自己最初愛的面貌，就能吸引同樣沒有恐懼的對象，來到自己的面前。**

真正的愛情，彼此給對方最珍貴的禮物，就是：在愛的每一刻，都能安心做自己。**兩個相愛的人之間，沒有猜疑，只有信任。不再害怕說錯一句話，而失去對方；也不用為了討好對方，而委屈自己。沒有索討，就不會依賴；各自獨立，**

卻又能互相陪伴。

自從取得中國心理諮詢師執照後，我多次重讀這幾年接觸過的所有阿德勒勇氣心理學的相關作品，融會貫通並佐以個案輔導的經驗，將每一段感情從開始到結束可能經歷的情緒，配合十二個主題，包括：曖昧、愛戀、不安、誘惑、計較、思念、謊言、嫉妒、爭執、浪漫、麻木、分手等，陪伴讀者經歷生命中每一個感動與感傷的時刻。

但願像時鐘周而復始般，當我們繞了感情的地圖一大圈，回到莫忘初衷的原點，無論繼續愛著，還是已經離開，彼此都變得更自信、更成熟，在一起、或不在一起的人生，也變得更美好。

《愛的每一刻，都能安心做自己——阿德勒勇氣心理學的情感日常練習》是我出版的第一〇八號作品。無論你只是想愛、正在相愛、或已經不愛，這本書可以陪你勇敢度過生命中最心動、或最心痛的每一刻。

為了愛而成為更好的自己，
一起努力讓愛變得高尚。

跨越接納與包容所建立信任的橋樑，
學會放心地以最真的姿態比翼飛翔，
原來真愛不需要任何偽裝，
面對所有的軟弱，因此變得勇敢，

我就是你，你就是我，我們都一樣。

01

曖昧的時刻

愛在曖昧不明時，最美麗？

為什麼當愛在曖昧不明時，你的心很苦，這段關係看起來卻很美麗？

那是因為一切都尚未開始，也還不知道最後真正的結果如何。

你所有的勇氣，僅止於想像而已。

但正好可以從這裡看出，你擁有多少自信，和你配得到多少幸福！

阿德勒
勇氣心理學的
古典教導

兩個想要為共同目標
而努力的伴侶，
若不肯做出永久結合的承諾，
彼此之間將產生懷疑與不信任，
因此無法把自己全然地交給對方，
終會造成傷害。

吳若權
給現代男女的
溫柔提醒

試著在相處過程慢慢認清你們的緣分，
若僅止於「友達以上，戀人未滿」的程度，
而你沒有足夠的青春和耐心耗下去，
最好勇敢轉身就走，別再浪費時間。

始終不肯給出承諾的感情，最後都會淪為「只是玩玩」而已。

愛在曖昧不明的時刻，往往既心酸、又浪漫。但是，當迷霧散去，剛開始有些微微的甜蜜滋味，到頭來卻竟變成很深的遺憾——原來，一切都是誤會。只剩下自作多情的人，徒留情何以堪的悵然。

他經常從手機捎來訊息：「吃過飯沒？」「今天過得好嗎？」「天冷了，要加衣！」持續收到這些關注的她，剛開始沒有特別想法，就當作是一般朋友的問候吧，禮貌性地回覆訊息：「我很好啊！」「你也要照顧自己唷。」

次數多了，頻率高了，她不禁開始懷疑：「這傢伙想怎樣啊！」她拿給幾位朋友看，大家共同的結論都是：「妳看不懂？才怪！不是很清楚了嗎？他想追求妳啊！」

「呵呵呵，是這樣嗎？」她疑惑著呢。漸漸鼓起勇氣，試探地回應：「你這麼關心我，讓我覺得好幸福喔。」他毫不猶豫地送上：「我也覺得好幸福。」

若說這樣的互動，只是對方想搞曖昧，未免太牽強。任誰都會覺得，不只是這樣吧！於是沉不住氣的這一方，就會替那個人找到一百個想愛又說不出口的理由：他很內向、他比較被動、他對告白沒有把握、他有一個尚未療癒的傷口、他還有個情緣已盡但擺脫不了的女朋友……

或許，以上的猜測都對；也可能，以上的推論都錯！真正的原因，卻只有一個——這個時候的你們，緣分僅止於「友達以上，戀人未滿」的程度。如果你沒有足夠的青春和耐心耗下去，最好轉身就走，千萬不要眷戀這些甜蜜；否則它必定會變成很深的遺憾，讓你後悔莫及。

如果你要問的是：「若願意押寶，勝算如何？」答案是：勝算很低，幾乎沒

名人的情感日常練習：

希望被愛的人，要先去愛別人，而且要先讓自己變可愛。

十八世紀美國政治家、科學家
富蘭克林（Benjamin Franklin）

有成功的機率。而且，就算成功，你也不會快樂。你只會覺得疲累，得到一個自私膽怯的傢伙。

有個男性朋友很誠實，說出當年跟一個女孩玩這些曖昧遊戲的原因。他說：「回想起來，那時的我真的太幼稚了。明明沒有那麼喜歡她，卻又因為無聊而想試試看，逗逗她，看生活會不會因此開心一點。」類似這種想要透過掌控對方而感到自我滿足的男人，當然會被詛咒下十八層地獄的。幸虧，那個女孩很聰明，完全不吃他這一套，還常回嗆他說：「你吃屎吧。」

顯然，她的作風率真又麻辣。她比他做得更像是一個真正的情場玩家，盡情享受那份甜蜜，卻不付出真正的感情；擁有短暫的熱烈，卻從不覺得遺憾。你想玩，我奉陪。然後，玩死你。

看似好陰險的高招啊，但是下場都不難預料。

只想玩玩，卻不承諾，就像很多只是常常逛書店，卻永遠不買書的讀者，目的頂多設定為殺時間，並不是真的要讀書。就算當場認真把書翻爛了，從不花錢買回家，最後這些書都會被不堪負荷成本的店家密封起來，或因為紙頁毀損而永遠滯銷，對誰都沒好處。

那些在感情曖昧遊戲中玩到忘我的人，最後也都不會再相信感情，最大的損失，還是自己。

阿德勒
勇氣心理學的
古典教導

鼓勵，是把重點
放在對方已經擁有的特質，
而不是應有而未有的。
只要抱持正面的觀點，
不以成敗論英雄，
即使是挫折或不愉快的經驗，
也能找出他值得肯定的地方。

吳若權
給現代男女的
溫柔提醒

鼓起勇氣告白後，對方尚未給出答案前，
或許你無法使力，什麼都不能做；
但只要你釋出善意，克盡全力，
無論對方的決定是什麼，
對你來說，都已經沒有遺憾了。

你有權利勇於告白；也有義務接受對方是否交往的決定。

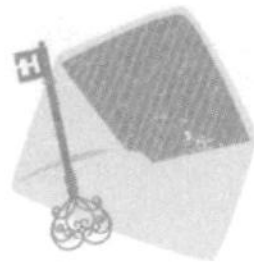

儘管已經常聽很多人把消費型態中的「曖昧期」、「鑑賞期」、「猶豫期」等詞語，套用在愛情中尚未彼此正式承諾的不確定關係；但是，因為其中的變數與情況太多，非常難用適當的形容詞去描述從「正式告白示愛後」到「對方決定可以相愛前」的心情。

你主動示愛的具體與明顯程度，是重要的關鍵之一。有些只善於演內心戲（泛指過度內向）的朋友通常只是在自己心底千迴百轉，營造轟轟烈烈的氛圍，對方卻完全沒有感受到被開始追求。

對方頂多覺得「你對他的態度友善」或「你最近比較常出現」，而你卻癡心巴望著他可以給出回應或決定。於是，從「正式告白示愛後」到「對方決定可以相愛前」的這段路，就會更加漫長遙遠。

當然，對方有可能裝傻，但他之所以膽敢裝傻，還不就是因為吃定你不敢怎麼樣，你既然「離不開」也「愛不到」，不如就耗在這裡，他也可以享受隱隱約約被追求的感覺，反正有個人願意對他好，沒什麼損失啊！這時候，才會開始所謂的「曖昧期」。除非其中一個人有時間壓力，或突然出現別的選項，否則還真的會拖很久呢！

如果你示愛的行動足夠明顯，簡直就是具體告白了，把對方逼得必須親上火線做出回應，結果如何就要看他的個性和態度決定。

比較保守的人，寧可錯過也不要急著做決定；欠缺理性思考的人，先答應再說，問題出現在之後的相處。也有聰明的人，不把話說死，「先當朋友再說！」或許是個延長曖昧期的圓滑建議。

難就難在「先當朋友再說」，分寸很難掌握。倘若不真正投入感情，兩個人很難擦撞出激情的火花，最後就真的變成只是朋友。如果急著跨越友誼的界線，彼此未必可以真正磨合。

所以說，能夠從「一見鍾情」就「一世深情」到天長地久的伴侶，真的是緣訂三生的幸運兒。在感情的發展中，如此篤定、十分堅信，靠著彼此簡單卻無比隆重的心意，就能夠白頭偕老。

相對之下，無論是個人或伴侶，若從「正式告白示愛後」，到「對方決定可以相愛前」，這過程就已經非常折騰，甚至體無完膚，千辛萬苦想得到幸福，卻總是崎嶇坎坷，就真的是完全不同的感情模式。

我不能說哪一種好、哪一種不好，只是很心疼那樣的折磨。如果能學到感情的智慧，漸漸變得成熟，還算是好事；就怕過程中太強的鬥志，消磨了感情的溫柔，讓自己在挫折之後變得冷漠，甚至不相信愛情。

從「正式告白示愛後」，到「對方決定可以相愛前」，你究竟能等多久？對方怎樣的回應，才能讓你接受彼此未來的結果？在等待答案揭曉的這段時間，勢必非常難熬。不論是風雨前的寧靜，或寧靜前的風雨，你都必須靜心度過。或許你無法使力，什麼都不能做；但是，只要釋出善意，克盡全力，無論對方的決定是什麼，對你來說，都已經沒有遺憾了。

根據阿德勒勇氣心理學的原理，愛戀的曖昧期，需要鍛鍊自己以下三種勇氣：

1. 正式提出告白的勇氣；

2. 等待對方回覆的勇氣；

3. 接受對方決定的勇氣。

無論結果如何，能夠為自己勇敢一次，至少見證無敵的青春，沒有虛度。那將會是難得的歷練，讓你對感情的態度更加成熟。

名人的情感日常練習：

友誼和愛情之間的區別在於：友誼意味著兩個人和世界，愛情意味著兩個人就是世界。在友誼中一加一等於二；在愛情中一加一還是一。

二十世紀印度詩人、哲學家
泰戈爾（Rabindranath Tagore）

阿德勒勇氣心理學的古典教導

自卑情結，
代表一個人無法面對
或妥善處理他所碰到的問題，
並且徹底地相信，
自己絕對無法解決這個問題。
與其面對成功的壓力，
寧可直接選擇撤退。

吳若權給現代男女的溫柔提醒

因為「以為他不會愛我」，
所以「不想讓對方知道我對他有好感」。
這樣的邏輯裡，徹底反映一個殘酷的事實：
你並不是太害怕愛情，
而是始終對自己沒有信心。

愛情的勝算，不是取決於成功的機率，而是內在的自信與勇氣。

最近這幾年，我常受邀在男女交友聯誼活動或電視節目中，擔任觀察員或情感顧問，無論是台灣、上海、廣州、鄭州，或是吉隆坡、新加坡，普遍發現有個很典型的心理狀況經常發生，阻礙了原本可能配對成功的兩個人。

例如，之前台灣有個電視節目，內容真實精彩，流程豐富而緊湊。由於報名參加配對的都是素人，每個人身上都有許多動人的故事可以分享，所以一集六十分鐘的節目，大約要錄影九十分鐘到一百分鐘。我受邀擔任「感情顧問」，必須全程仔細聆聽男女雙方的發言，觀察他們的肢體語言和反應，才能適時給出恰當的分析與建議。

有時候，明明看出現場的一對男女，眼神互動頻繁，分享的話題也很投契，不只是我，連主持人和所有工作人員都覺得，他們有機會配對連線成功；出人意外的是，在最後抉擇的那一刻，彼此卻失之交臂，其中有一方沒有按鈕表達願意和對方繼續交往的決定，令在場所有的人都十分扼腕。

我們一定尊重當事人的選擇權，也接受每個人不同的意願；但是很遺憾地，每當主持人問：「大家都很看好你們這一對，你為什麼最後沒有按鈕選他呢？」答案竟然都是：「我以為他不會選我！」

為什麼這些年輕男女在愛情面前如此膽怯？我想到的是，另一個以國小孩童為主的益智節目，擔任搶答救援的孩童，都會天真地爭取上台答題的機會，鏡頭拍到他們時，總會忘情地高喊：「選我！」「選我！」然而，究竟是從什麼時候開始，我們在愛情面前，變得如此害怕？或是，純然只是因為我們長大了，所以必然地也失去爭取愛的勇氣。

因為「以為他不會愛我」，所以「不想讓對方知道我對他有好感」。這樣的邏輯裡，究竟有多少輸贏得失的算計？或許它徹底反映一個殘酷的事實：你並不是太害怕愛情，而是始終對自己沒有信心，才會要求自己不如打安全牌，留在原來的舒適圈裡，與其努力面對可能成功的壓力，不如先想辦法把力氣用在避免挫敗。

或者更需要勇氣面對的真相是——如果必須先確定對方願意愛我，我才願意表達愛意，其實是因為我沒有真的那麼愛他。這樣的人，比較狹義地愛自己，永遠也無法敞開心胸去愛別人。

更殘酷的是，當你在愛情面前，若沒有足夠的自信，錯過的將不只是自己的幸福，也奪走了對方可能跟你一起創造的幸福。這是兩個人加倍的損失，並不是只有你一個人的損失而已。

面對心儀的人，你要擁有多少勝算，才願意給對方一次機會，通常不是取決於成功的機率，而是內在的自信與勇氣。

阿德勒
勇氣心理學的
古典教導

一個人追求對象的方式，
透露出他是否具備勇氣
和合作的能力。
追求愛戀的過程中，
每個人都有屬於自己的
獨特行為和性情，
這就是他特有的生活風格。

吳若權
給現代男女的
溫柔提醒

人生最漫長的等待，其實跟時間的長短無關。
對結果懷抱希望的等待，
即使時間漫長，心情都是甜蜜的；
而一段讓你幻滅的感情，
即使只是五分鐘，也嫌漫長。

曖昧期的長短，
並非甜蜜或痛苦的關鍵，
而是要看這段期間，
是否一直懷抱希望。

因為他工作時間長，通常都是她等他回家。雖然兩人沒有正式承諾要在一起，但無論時間多晚，她還是會在心底留著一盞夜燈，等著他回到家，用電話報平安。

我們都以為身處曖昧時刻的兩個人，所等待的一定是「要不要繼續交往？」這個問題的答案，但對於太過於寂寞或是只渴望浪漫的人來說，結果並不重要，只要能繼續懷抱著希望，就已經足夠。

這天，情況特殊，她出差，比他更晚回家。她出門前就報備，並要他早點睡。他愛她，執意要等她。

他晚間十點回到家時，她才搭上車。她的歸程，一路搖搖晃晃；他的等待，整夜漫漫長長。午夜，她的手機陸續傳來他的簡訊：「不要急，我會等妳！」「我還醒著，還在等妳回家！」「我現在終於知道，等人的滋味很難熬，我以後絕不會讓妳等我。」

接近凌晨一點，她終於風塵僕僕到家，透過手機簡單聊兩句，再漫長的等待，都在此刻化為甜蜜的心意，更緊密地牽扯著想念卻又不確定的兩顆心。

等人，你等過多久？怎樣的等待，會是人生最漫長的等待？

有位自認超級沒耐性的男性朋友說，他最多等十五分鐘，這是他的極限，如果對方遲到超過十五分鐘，他絕對翻臉走人。有位深情款款的女生說，她曾經等過男友兩個多小時，而理由很瞎，他一直在換裝，沒法決定要穿哪件衣服。而且，他經常這樣讓她空等。

廣播節目中，有男性聽友打電話進來，要求占卜，問他是否有機會和一位讓他等了二十五年的女子相守？她是他學生時代的初戀情人，各奔東西後，她結婚、生子、離婚，而他仍單身，守著這段未竟的情夢。

二十五年，四分之一個世紀，會是人生中最漫長的等待嗎？

一定不是。

當你見識過更多的人生，就會知道有更多的等待，超過二十五年。而當你真正經歷過感情的深刻，就會明白：人生最漫長的等待，其實跟時間的長短無關。對結果懷抱希望的等待，即使時間漫長，心情都是甜蜜的；而一段讓你幻滅的感情，即使只是五分鐘，也嫌漫長。

痛苦的等待過程，心情覺得漫長。總在覺醒的時候，才覺得人生苦短。

人生中曖昧的每一刻，或許心情難免高高低低，但也就是這樣不斷在希望與幻滅之間起起落落，感覺快樂或痛苦的時間長長短短，才讓一個人懂得面對真正的自己，以及感情的真相，而在幸福的結果或殘酷的分手之後，學會成長。

阿德勒
勇氣心理學的
古典教導

感官所感受到的，
只是主觀的錯覺，
並非實際的真相。
我們一直所認知的事實，
只是外在的世界投映
在自己心裡的主觀映像而已。

吳若權
給現代男女的
溫柔提醒

要求去男方住處觀察看看，
是女生想要「驗明正身」的方式。
這裡的「驗明正身」有雙重意義，
既是驗證對方對愛情的誠意，
也是驗證自己在對方心中的位置。

願意把對方帶回家，感情才算真正結束曖昧期。

很多女生在談戀愛的時候，常有很多矛盾的心態，特別是在「女朋友」這個身分上的期待，過猶不及都會令她不悅。感情進展速度太快，就被訂下來，她未必真的開心喜悅；但如果約會耗時甚久、次數甚多，還沒被肯定位置，也會很難熬。

若是兩人的感情尚未成熟，男生碰到不論親疏遠近的人都誇張地介紹：「這是我的女朋友。」她通常不會太高興。甚至，她覺得這男人幼稚，像是小狗灑尿般佔地盤。

如果她已經把心給了他，他卻始終不肯說出：「這是我的女朋友。」她會感到非常焦慮，認為這男人不重視她。或者，直接推論：他根本是花心大蘿蔔。

即使真的戀了、愛了，甚至親密關係在偶然間發生了！就算男人通過「這是我的女朋友」這一關，適時而且恰如其分地讓女方的名分和地位都明確表達，接下來女人確認的重點會是：「什麼時候帶我回家？」

男生會怎麼回答？

「我家很亂耶！這幾天都沒整理。」

「今天我爸媽在，不行。」

「我有室友，不方便。」

無疑地，男生的這幾個答覆都令對方掃興。尤其，當男生提出這些類似擋箭牌的阻礙時，女方心裡想的是：為什麼你都不讓我去你住的地方？莫非有什麼秘密怕我知道？

要求去男方住處觀察看看，是女生想要「驗明正身」的方式。這裡的「驗明正身」有雙重意義，既是驗證對方對愛情的誠意，也是驗證自己在對方心中的位置。如果男友一直不肯帶他交往中的女孩回家，這女孩難免會沒有安全感，懷疑自己究竟是不是他的正牌女友。

而且這個「回家」的意思，當然不會只是一個門牌地址，也不會只是一個房子，更不會只是身體上的親密關係而已，還包括認識他生活起居的環境，以及他的家人或親友。

「我就是想看看你平常跟我講電話時，窩在哪張沙發？」當女友提出這個要求，男人可以聽懂她的心機，很甘願地帶回家，甚至大方介紹給家人，這段愛情才能算是真正度過曖昧期，得以繼續發展下去。

02

愛戀的時刻

當王子和公主終於在一起，童話故事的甜蜜結局，
卻是情感日常、真實生活的全新開始。
接下來的愛情劇本如何寫，至少有一半操之在你手裡。
平凡恬淡也好，狂喜狂悲也罷，
愛情，總有巨大的能量，教會每一個戀人，在它面前學會謙卑。

阿德勒
勇氣心理學的
古典教導

一個人的精神生活，
時時被自卑的感覺所統治。
在這個人未完成的、
沒有實現的感覺裡，
以及不斷奮鬥的過程中，
都可以看到自卑感的存在。

吳若權
給現代男女的
溫柔提醒

陷入情網時，除了需要學習控制速度，
更重要的是，付出的程度。
除了，在對的時間，遇見對的人；
還要，用對的速度，適當地付出，
才會幸福！

相愛，要拿捏戀情進展的速度，還要控制付出的程度，不是盲目一頭栽入。

在對的時間，遇見對的人！我們都以為這樣的愛情，已經完美。

但是，「遇見」只會美麗在開始的那一剎那。所以後來才會衍生出多麼令人掃興的那句話：「相愛容易，相處難！」偏偏，還是有熱戀中的情人不信邪，抗議著說：「只要是對的人，相處就不會太難！」

從前，年少浪漫的我，曾經屬於這樣的死硬派；現在，即使我已經嘗遍感情的滄桑，也並未完全妥協，只是在人生的歷練中，學會順服某些因緣。我漸漸知道，即使能夠「在對的時間，遇見對的人」，都不足以讓互相喜歡的兩個人志得意滿。偉大的愛情，總有巨大的能量，教會每一個戀人，在它面前學會謙卑。

先暫時將彼此如何付出的方式擱著不談，因為那牽涉太多個性與價值觀的細節，僅就投入感情的速度不同，就足以讓熱情如火的雙方，在無意間燙傷。

有位輕熟女朋友，在二十九歲那年，遇見她生命中的忘年之交。

男方比她大十歲，有過一段婚姻。她雖知道女生不能太主動，以免嚇跑男生，但就是壓抑不住心中的熱情，煲湯、西點、DVD……不時往他家裡送過去。

他確實很感動，同時也心疼她的付出。他認真地想跟她定下來，但深怕她只是一時衝動。他深情地望著她，那張因為熱戀每天講電話到深夜而憔悴的臉，有感而發地說：

「寶貝，我要跟妳在一起很久，妳若是用這樣衝百米的速度談戀愛，我擔心妳撐不久。」

還差幾個月，尚未滿三十歲的她，聽見比較年長的他，給出屬於熱戀期之中很醒腦的愛的忠告，她有點明白，也有點疑惑。

她知道他怕她累，但不知道如何拿捏愛情的進度，也無法控制自己的付出。原來，陷入情網時，除了需要學習控制速度，更重要的是，付出的程度。除了，在對的時間，遇見對的人；還要，用對的速度，適當地付出，才會幸福！

在一頭栽入之前，先要把跳水的技術練好，才能在水面盪起優雅的波紋，而不會粉身碎骨。若技術尚未成熟，不妨以輕鬆的速度緩緩潛進，節制自己的付出，你不會太疲累，對方也不會有壓力。

超過對方期待程度的過度付出，或是急著想要得到永久的承諾，其實都是缺乏安全感的表現。

若要做個有自信的情人，就慢慢來吧！老話一句：「兩情若是久長時，又豈在朝朝暮暮。」（宋．秦觀〈鵲橋仙〉）古人的感情智慧，不但沒有過時，還能幫助我們在驚覺超速的時候，理性地踩點剎車，既能維持熱情於不墜，也能保護彼此的安全。

阿德勒
勇氣心理學的
古典教導

真正會影響一個人行為
和心理的，並不是「事實」，
而是他對事實的解釋。
只有當挫折或犯錯時，
才會被現實逼著去反省，
重新檢視自己的生活風格
是否出了問題。

吳若權
給現代男女的
溫柔提醒

談戀愛最後的收穫，
往往不是有沒有終老，而是過程中的領悟。
所有的曲折，並非只為了感動，
更重要的是向內的自我反省，
付出得愈多，就會愈深刻。

無論是否能有美好結局，都要努力讓當下每一刻美好。

她和他，在網路相遇，未見鍾情。以通訊軟體聊天，將近月餘才約見。見面那一刻，天雷勾動地火，約會當晚，立刻承諾廝守終身。彼此在同一時間，說了相同的話：「我們是在對的時間，碰到對的人。」

談起往事，雙方都有滄桑。那些曾經在錯的時間、遇到錯的人，經歷所有不義與背離的傷痕，已經深深刻在心上。當碰到真正相愛的對象，就會發現：相愛啊，本是彼此療癒的過程。愈是不堪的過往，愈需要救贖的力量。

精通命理的朋友，拿兩人八字一合，發現是絕配，前世姻緣，今生注定。她聽了雀躍萬分，謝天謝地，只差沒有當場感激涕零。

沒想到，臨走之前，那位以算命為職業的好友，心疼地叮嚀：「你們真的很合適，彼此互補。但，這會是一段偶像劇般的戀愛，妳要有心理準備。」經過那些年、那些事，她頓時聽懂這段話，心頭一驚，雙唇閉緊，若真是前世有約、今生相見，還有什麼顧慮，不能勇往直前？

當天晚上，她跟另一位好友聊了這件事。好友的人生閱歷有限，沒能在第一時間聽懂，傻傻地問：「猶如偶像劇般的愛情，那不是很好嗎？很浪漫吧。」

她不知道如何解釋。如果我們能牽著所愛的人，漫步在風和日麗的小道上，怎麼會羨慕在黑夜的大雨中，氣喘吁吁地追著對方的身影，路上崎嶇顛簸，窒礙難行，直到黎明的前一刻，終於相遇在最後一盞街燈之下，對方發現你的憔悴，回頭給你深情的擁抱。

柴米油鹽醬醋茶，是一種生活的例行，微笑是輕的，辛苦是淡的。它絕對不符合偶像劇的節奏，那樣狂喜狂悲，揪心動人。

名人的情感日常練習：

愛情中的甜漿，可以抵消大量的苦液，這就是對愛情總括的褒譽。

十九世紀英國詩人
濟慈（John Keats）

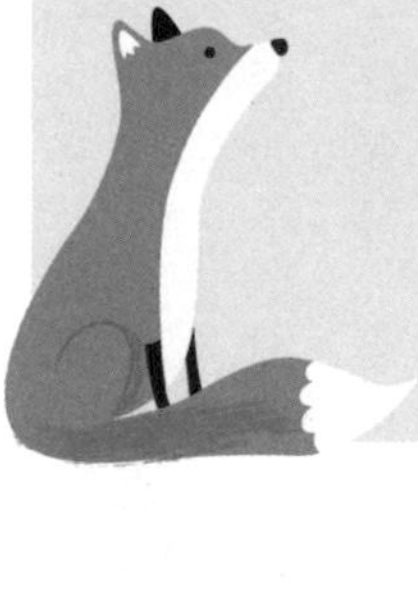

倘若過程無法選擇，那麼結局呢？愛情，可以預測嗎？是否只要確定結局是可以跟對方終老，過程再苦、再痛，你都願意經歷？

相愛的兩個人心中，或許可以有這樣的盤算；但是，愛情的發展並不具備一定如此演化的邏輯。可能在認定對方之後，過程千辛萬苦，以為終究會苦盡甘來，相守在一起，或許得能如願以償，或許沒有美夢成真。

然後呢？

如果沒人敢打包票，保證會白頭偕老，於是不願意嘗試，那就不是真愛了。

如此看來，愛情的風險相當高啊？

值得慶幸的是，談戀愛最後的收穫，往往不是有沒有終老，而是過程中的領悟。所有的曲折，並非只為了感動，更重要的是向內的自我反省。有時候啊，當你付出得愈多，或是被對方辜負得愈多，就會愈深刻。

不必太悲觀，也不用太遺憾，現代的偶像劇，常以喜劇收尾。你的愛情劇本究竟要如何寫，至少有一半的主導權操之在你手裡。以正向的思考去想、去做，結局壞不到哪裡去！

更何況，該珍惜的是，這次遇到這麼好的對手。

即使在過程中有衝撞，也無論最後是否能在一起攜手到老，都會因為這些歷練，而讓彼此的生命，雖不一定更完美，卻一定會更完整。

阿德勒
勇氣心理學的
古典教導

如果想要正確地解決愛情問題，
兩人之中的任何一方，
都必須完全忘記自己，
並且將自己完全奉獻給對方；
就像從兩人生命之中鑄出
另一個新生命出來。

吳若權
給現代男女的
溫柔提醒

掏耳朵、剪指甲，
兩者都是很親密的動作，
需要的不只是專注、耐心與動作輕柔，
還要彼此有足夠的信任，
否則很可能造成危險和傷害。

放心地把自己交給對方，不是信任對方他，而是信任自己。

情人之間最親密的事，並非只是在床上的征戰而已。有時候，激情過後輕柔的小動作，比猛烈的衝撞，會更令對方難忘。

她說，很喜歡幫男友掏耳朵。當他輕輕把頭靠在她的大腿上，均勻的呼吸如靜夜的潮水，整個宇宙只剩下月光的皎潔。而她，就靠著這一輪滿月的光亮，溫柔地幫他掏耳朵。

對於她的這個習慣，男友非常賞光也十分聽話，當她想幫他掏耳朵的時候，他就乖乖把頭靠過來。

個性調皮的男友，有時候還故意用雙關語開玩笑說：「妳可以再深一點！」事後，他還會讚美：「好舒服喔！聽力也變好了！」

她從來沒有認真去分辨真假，只是默默接受這個肯定。

另一個女孩的幸福體驗，是男友幫她修剪指甲。在親密關係結束，兩人一起沐浴後，男友拿出他們去日本旅行時買的剪指甲刀，開始輕輕幫她修剪指甲。

起初，她有點害怕，只要剪指甲刀的鋒口邊緣碰到指甲內側的皮肉，她就很緊張地縮手。

他並不因此而氣餒，反而展現更多的溫柔，耐心地要她放輕鬆。他保證自己一定會很小心，重新開始慢慢修剪。

從第一根手指頭，剪到第三根手指頭，再到第十根手指頭……接著是十個腳趾頭，她對他剪指甲的技術愈來愈有信心，於是慢慢地放鬆，腦海中浮現的是，小時候爸爸幫她剪指甲的畫面。

她突然驚覺，這輩子除了自己之外，她只被這兩個男人剪過指甲。一個是爸爸；另一個是他。

掏耳朵、剪指甲，兩者都是很親密的動作，需要的不只是專注、耐心與動作輕柔，還要彼此有足夠的信任，否則很可能造成危險和傷害。

當我們年紀還小的時候，沒有多餘的防備心，以完全信任的託付，掏耳朵、剪指甲，任由爸媽為我們清理及修剪。等到漸漸長大，碰到感情的對象，總自以為愛他很深，卻不見得可以完全信任託付，哪怕只是一根手指頭的指甲，也不肯隨便交由他去冒險。

把自己放心地、完整地、無條件地交給對方，這是愛情中最大的勇氣。並不是要你放棄自己應有的作為，而是能夠放下不必要的煩惱憂慮、擔心害怕。關鍵不是對方有多好，而是你多麼有自信。

阿德勒
勇氣心理學的
古典教導

在愛情中，
兩個人若想獲得安全感，
就必須努力讓對方過得
既安穩又舒適。
這樣會讓雙方都覺得自己
被對方所需要、
自己是具有價值的。

吳若權
給現代男女的
溫柔提醒

愛情裡最偉大的奇蹟，是創造自己。
當你願意為心中所愛的人，
做出一些正向的改變，
讓你的生命得以更完整，
就是最偉大的創造。

願意為心愛的人，主動改變自己，就是感情中最偉大的創造！

如果你聽別人說：「愛是創造！」你的聯想或感受，會是什麼？

我做了一些實驗，結果還滿有趣。

部分個性敏感的青少年朋友回答，學校都有宣導，性行為若沒有避孕，會害女生懷孕，所以愛情會創造出新生命！有些再年長一些的大學同學說，愛情會幫兩個人創造夢想！

剛進入職場的年輕上班族說，兩個相愛的人一起賺錢、存錢、投資，可以創造財富。適婚年齡的男女說，愛是創造一個幸福的家庭。熬過生命波折的熟年夫妻說，愛是創造豐富的人生經驗。歷經半百婚齡的銀髮伴侶說，愛是創造美好的回憶。

以上有關於愛的每一種創造，確實都是奇蹟。而我認為，愛情裡最偉大的奇蹟，是創造自己。當你願意為心中所愛的人，做出一些正向的改變，讓你的生命得以更完整，就是最偉大的創造。

一位男性朋友分享了他為愛創造自己的體驗。他剛開始想要努力追求女友時，覺得自己體重過胖，花了四個多月從八十五公斤減到七十五公斤，才正式向她告白。她接受後問他：「你最近怎麼瘦成這樣？」他笑著的眼眶裡盈出滿滿的淚水說：「妳有注意到我身材改變喔！我是為了要給妳一個更健康的自己。」

原來，他跟家裡排行最大的兄長相差十二歲，大哥年前心肌梗塞送醫院急救，大嫂在急診室哭得差點暈厥，後來大哥幸運撿回一條命，裝了三根支架，出院後自動戒菸、戒酒。之前，夫妻倆常為了菸酒的事情吵架，大嫂連「難道你愛菸酒勝過於愛我？」這麼委屈的話都拿出來，大哥還是無動於衷，這次鬼門關前走一圈回來，終於覺悟要改變自己。

願意為心愛的人，主動改變自己，就是感情中最偉大的創造。相對地，一直要求心愛的人改變，卻是感情中最大的毀滅。他若想改、會改、能改，就不需要你嘮叨；他若不想改、不會改、不能改，你再嘮叨也沒有用。

凡是能夠創造的，都是真愛；而不能創造，甚至帶來毀滅的，就不算是愛。任何關係裡，若存在著控制、改變對方的念頭，最後多半會失去對方，因為彼此之間存在的，不是愛，只是你單向的期待。所以別再去期待對方改變，你只需改變自己看待他的角度，創造屬於你自己的部分。

03

不安的時刻

所有不安的源頭，是否都是因為害怕失去？

當不安的情緒蠢蠢欲動，

即使愛的花苗呵護在玻璃屋內，仍止不住被打碎的擔心。

懷疑與猜測，其實只是保護自己的煙霧彈，根本無助於看清事實。

面對每個當下，對自己的決定負責，才能讓不安與焦慮停止。

阿德勒
勇氣心理學的
古典教導

每個人面臨的困境，
都是被自己創造出來的。
我們沒有歸咎他人的權利，
反而必須靠自己做出選擇和決定，
為所造成的結果負責。

吳若權
給現代男女的
溫柔提醒

愈是想法悲觀、愈是境遇悽慘的人，
愈容易使用這個句型：
「若不是他……我就不會……」
不負責任的想法和不符期望的挫折之間，
存在很緊密的因果關係。

只有自己能結束
不安的情緒，
停止在愛與不愛之間徘徊。

愛情，是一根火燭。有時候，你用它照亮生命；有時候，你用它燒毀一切。

愛情，是一把鑰匙。有時候，你用它開啟殿堂；有時候，你用它緊鎖大門。

愛情，是一次割捨。有時候，你用它戒除惡習；有時候，你用它放棄夢想。

愛情，是一個改變。有時候，你用它改變世界；有時候，你用它改變對方。

愛情，是一種連結。有時候，你用它接引幸福；有時候，你用它糾纏怨念。

愛情，是一趟旅行。有時候，你用它繼續流浪；有時候，你用它決定回家。

愛情，是一場豪賭。有時候，你用它贏取未來；有時候，你用它輸掉人生。

無論何時何地，愛情在我們的生命中，永遠都有一個最恰當的比喻，而這個比喻，通常一體兩面，有著極端不同的兩種作用力，任你遊走，也讓你徘徊。問題是：這兩個極端於左右兩邊的選項，並沒有為你帶來自由愉快，而是不安焦慮。你身陷其中，不知所措。甚至，你常忘記：你，是唯一那個可以決定自己要向左走、或向右走的人。

我們往往當局者迷，若不是一直忘記自己還有另一個選擇，就是以為自己沒有權利決定。於是我們以為已經走到困境，然後把一切罪咎歸給對方：若不是他……我就不會……

我曾經陪伴過無數渴望解決人生困境的朋友同行，在引導他們找到自己身上的開關按鈕之前，我發現：愈是想法悲觀、愈是境遇悽慘的人，愈容易使用這個句型：「若不是他……我就不會……」所有不負責任的想法和不符期望的挫折之間，存在很緊密的因果關係。

請跟著我一起試著仔細分辨以下句型的關鍵字：「若不是他強拉進賓館，我就不會婚前懷孕。」「若不是他借錢不還，我就不會耗盡積蓄。」「若不是他騙我未婚，我就不會淪為小三。」「若不是他死性不改，我就不會抓狂暴怒。」……

以上句型，是我從一百場座談會中，精選名列前茅的經典造句，讓你以旁觀者清的角度，試著想想他們，也看看自己。我相信你很容易看出，問題出在哪裡？

其實，你只要永遠記得，每個當下都有決定權，願意對自己的決定負責，所有的不安與焦慮就停止了，至少你要花的心血，是去面對你的決定，而不是處理你的慌張。

只要停止惶惶不安的情緒，所謂的人生悲劇就不會繼續發生。或者至少在發生之後，謙虛地面對接納，努力解決，而不是自憐自艾自怨。

當你站在愛情兩個選項的中間，別忘了，你是唯一可以做出決定的人。只要你願意維持清醒，對愛負責，就沒有人可以左右這個決定，不論最後的結果是好、是壞，你都會因此而心甘情願。

阿德勒
勇氣心理學的
古典教導

如果我們不能先堅定
自己的平等性，
就無法獲得對方的平等對待。
當我們對存在於彼此之間的
夥伴關係能感到自信時，
就會相信自己和對方
可以平等相待。

吳若權
給現代男女的
溫柔提醒

戀愛的時候，
堅守「不要做狗仔隊」的原則：
不查勤、不偷看手機、
不問對方「剛誰發簡訊給你？」，
這是尊重自己，也尊重對方的表現。

放下心中的疑慮與猜測，反而可以得到面對真相的勇氣。

個性敏感的人，談起戀愛時，很容易因為對方行為出現異常的蛛絲馬跡，就變得神經兮兮。這種人彷彿天生就有偵探的本領，直覺很準，觀察細微，沒有什麼事情可以逃過他的法眼。

起初，在熱戀初期，他多半沾沾自喜，號稱對方不敢亂來，因為一切都在他的掌控之中。

他的對象，俯首稱臣，不敢有二話，但是不是有二心，就很難說了。有時候難免不服氣，故意偶爾出其不意地做些雞鳴狗盜的事，只要沒有被發現，就不會危害到彼此感情，偷渡成功後，有說不出的成就感。

年紀輕時，我也曾經自以為具備偵探才能，可以洞悉對方的一切言行而自傲。甚至說出對方即使只是起心動念，都能被我一一識破。

直到多次讓對方很不開心，甚至引起反感，才慢慢懂得收斂自己，不再出動靈魂的偵察機，給各自保留一些空間。

三十歲以後的我，警惕自己絕不在感情相處中扮演「狗仔隊」的角色！戀愛的時候，不查勤、不偷看手機、不問對方「剛誰發訊息給你？」，這是尊重自己，也尊重對方的表現。

儘管，未必因此而得到愛情中最美好的結局，但一定可以留給自己最優雅的風度。當我們願意徹底放下心中的疑慮與猜測，反而可以得到面對真相的勇氣。神經兮兮的懷疑與猜測，有時候是個保護自己的煙霧彈，根本無助於看清事實，只會蒙蔽自己。

其實，每個人身邊的伴侶，都可以略分為兩種類型：

名人的情感日常練習：

在成熟的愛情中，敬意、忠心並不輕易表現出來，它是謙遜的、退讓的、潛伏的，等待了又等待。

十九世紀英國作家
狄更斯（Charles John Huffam Dickens）

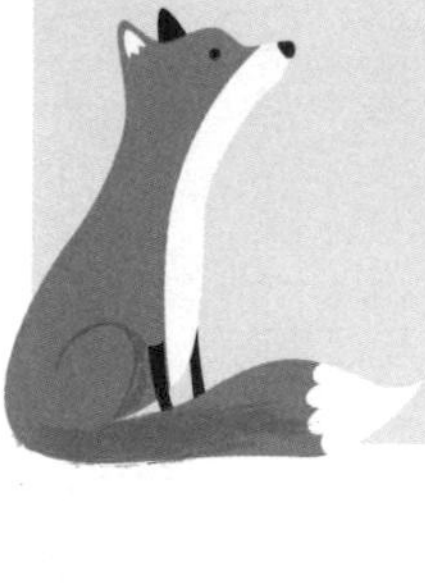

一種是珍惜彼此的信任，而主動願意更加自律；另一種是吃定你不會查核，就開始混水摸魚。

無論你碰到的對象是哪一種人，是好咖或爛咖，都不要讓自己扮演「狗仔隊」的角色，處心積慮去偵查。為感情這樣犧牲自己，真的很不值得。

能夠碰到珍惜信任而更加自律的伴侶，真的是三生有幸；若是碰到只要沒人監控就會混水摸魚的對象，則是另一種幸運。

如果你可以睜一隻眼、閉一隻眼，被欺瞞到永遠沒有發現真相，那不就跟他沒做壞事一樣；倘若你不刻意監控，對方還是露出馬腳，趁著東窗事發，就趕快分手，甩掉那個爛人！不但省下你去當偵探的力氣，還可以讓他醜態自現，困窘愧疚呢！

畢竟，對感情不忠的人，還是會有最後的良心。當你寬容地付出，不主動追查，也不計較他暗自出軌，對方剛開始會覺得僥倖，不久就會忐忑不安，擔心有一天會被拆穿，這種心情已經是對他最大的懲罰了，真的不必輪到你出手呢。

你毋須惶惶終日，擔心對方是不是會在背地裡，做出讓你傷心的事情；而是大大方方告訴自己：願意給他最高的尊重與最大的自由！如果有一天，他辜負你給他的尊重，濫用他享有的自由，就讓他失去你吧。這是他這一生，最大的損失，也是最嚴重的懲罰。

愛人，不疑；疑人，不愛！

阿德勒
勇氣心理學的
古典教導

心靈負責駕馭，身體負責行動，
這一切的努力，
都是為了獲取安全感，
也就是相信所有生命的問題
都能夠被克服，
並和諧地與周遭合而為一的感覺。

吳若權
給現代男女的
溫柔提醒

每個人小時候，都看過許多的品德故事，
如果書上教我們：「孝，能感動天！」
那為什麼你不能相信自己：
愛，也能感動天呢？
除非，你們彼此，愛得不夠堅定。

當別人都不看好你的感情，你要有加倍的堅持，才能看好自己。

相愛，需要很多努力，加上一點運氣。

他過去有過一些感情滄桑，因此對愛戀多點瞭然。即使未見鍾情，只是透過網路搭上線，隔著遙遠的地理距離，深聊幾個夜晚，就快速觸動彼此的心靈，決定和她往下走走看。

面對她的情真意深，他情不自禁地引述我曾經在過去著作中出現過的這句：

「相愛，需要很多努力，加上一點運氣。」

這是一段不可思議的情投意合。頻率對了，愛就順了。世俗眼光中並不容易經營的遠距離戀愛模式，他們偏偏創造出獨特的可能。

幾個月後，她遠赴千里，兩人見了一面，當下確定終身廝守。沒想到，臨門一腳，問題反而出現在她這邊。

事出突兀，親友譁然。有好事者透過很多命理老師的管道，主動提供算命及占卜的結果，認為他們並不適合，並直接做出：「頂多激情一時，最後黯然分手。」的結論。

眼看火熱到不可收拾的愛戀，被親友不停唱衰，依她本來的個性，應該是感到憤怒及悲傷，但這次感覺很不一樣，她心平氣和地參考大家的意見，並微笑面對所有不需要解釋的質疑。這樣的反應，似乎也映照出她內在的篤定。

她甚至寬容地想像，如果這段感情最後的結果，就如同被親友唱衰的那樣：「頂多激情一時，最後黯然分手。」她希望至少這所謂的「一時」，可以甜美地讓她感覺像是「一輩子」那麼久；而所謂的「黯然分手」，可以是好聚好散，無怨無尤。

就這樣波折了幾個月，她決定還是負笈異鄉，和他廝守。離開前一個晚上，好事親友前來道賀，驚喜地告訴她：「最新占卜的結果，全面翻盤。」而且牌面顯示：他們的愛，已經通過重重考驗，終將幸福長久。

這段期間，她以為自己是違抗天意，還要追求這份愛。經過此番折騰，她才明白：老天是要試煉她究竟可以愛他愛到什麼程度。

每個人小時候，都看過許多的品德故事，如果書上教我們：「孝，能感動天！」那為什麼你不能相信自己：愛，也能感動天呢？除非，你們彼此，愛得不夠堅定。

確實如此！相愛，需要很多努力，加上一點運氣。或許，那一點運氣，也是靠努力之後才得到的。

阿德勒
勇氣心理學的
古典教導

所有優越的行為背後，
都潛藏著某種程度的自卑感，
必須非常刻意而努力地掩飾。
就像有些人覺得自己個子矮，
故意踮著腳尖走路，
試圖讓別人以為他是高的。

吳若權
給現代男女的
溫柔提醒

當一個人總是哀怨沒人要，
並非真的沒有可以交往的對象，
只是他對感情比較挑、眼光比較高。
有時候是他挑剔別人，
更多時候是他挑剔自己。

在感情中，
愈常想刻意討拍的人，
愈容易被自己殘酷對待。

相對於身邊的很多人，我的個性非常簡單，百分之九十九以上的時間，都是心口如一。所以，當我碰到「說一套，做一套」的人，無論他的動機如何，都會令我不知所措。

直到有點人生閱歷，我發現：會「說一套，做一套」的人，未必心術不正。很可能是他不知道如何正確表達，或他只是換個邏輯講話，想要引起你的注意。

客戶的辦公室裡，有個年輕女孩，每次看到我來執行顧問工作，都會過來打招呼，講不到兩句話，就會重複哀怨地說：「唉唷，我就是沒人要。」

剛開始，我很容易就相信了，還熱心地問她：「妳條件這麼好，怎麼可能沒人要？說說妳要的對象條件，我幫妳介紹！」

她不置可否地以害羞的反應轉身逃開，換她的主管出現在我面前，眨眨眼對我講悄悄話，輕描淡寫帶過：「很多人追求她啦！」

剎那間，清醒的我，立刻明白。這種人我見多了呢！當一個人總是哀怨沒人要，並非真的沒有可以交往的對象，只是他對感情比較挑、眼光比較高。有時候是他挑剔別人，更多時候是他挑剔自己。

通常會掛在嘴邊，哀怨自己總是沒人要，這種人身邊還是不乏追求者，只是他不會很快就決定和對方安定下來，寧願搞很久的曖昧，或者乾脆變成心靈知己，也不肯輕易表態。

而最主要的原因，其實是他對自己沒自信。他無法判斷，對方究竟適不適合，也怕失去那種被追求的感覺，所以讓每個追求者人人有機會，個個沒把握。

在感情中，愈常想刻意討拍的人，愈容易被自己殘酷對待。表面上，他似乎讓自己處於不敗之地；事實上，他從來也沒有得到過什麼真正的幸福。

或許，他會說，是因為自己過去曾經受過別人給他很深的傷；但他忽略了，尚未療癒的自己，後來也讓其他更多的別人受了很深的傷。

走在曲折感情路上的人，誰不是千瘡百孔？若未經療癒，就過度包裝自己，企圖遮掩體無完膚的過去，顯然是太故作堅強了一些；但相較於另一種人，不斷對所有的人揭示瘡疤，同樣是保護自己的防衛行為。

唯有勇敢去除保護色，安心地以真實的自己面對別人，才能停止爾虞我詐的遊戲。

阿德勒
勇氣心理學的
古典教導

所有人際關係紛爭的起因，
都是介入別人的課題，
或自己的課題被干涉而引發。
必須正視對方的意願，
不要強迫他改變，
才不會引起對方強烈的反彈。

吳若權
給現代男女的
溫柔提醒

愛情裡最可怕的陰謀家，
是假裝不在意對方的缺點或習慣，
卻在心中立下宏願，誓死都要改變它。
當你想要操控對方行為的時候，
其實是被自己的欲望操控。

愛情裡最珍貴的禮物是，讓對方有勇氣在你面前做自己。

曾聽一個朋友說，他發現自己從談戀愛開始，就變成一個陰謀家。向來沒心機的我，乍聽之下，有點驚訝。等他再多說一點，才知道他說的陰謀，其實是小小的、甜蜜的詭計。製造一點驚喜，讓對方開心；並且懂得拿捏分寸，知道對方的底限，才沒有弄巧成拙地把驚喜變成驚嚇。

例如：事先已經申請休假沒去上班，卻騙她說生病在家休養，趁中午去找她一起吃小火鍋，還喝杯咖啡。熱戀時的幸福，多少帶了點幼稚，但只要出於真誠，雙方都還是會覺得甜蜜。

我看過真正可怕的愛情陰謀家，雖然剛開始是披著可愛外套出現，但時間久了，就會露出猙獰的面貌。其中最常見的陰謀，是假裝不在意對方的缺點或習慣，卻在心中立下宏願，誓死都要改變它。

這種陰謀，其實滿可怕。有個男性朋友，條件還不錯，透過同事介紹，認識了一個女生。她事先被告知，他會抽菸；她說沒關係，但心底非常介意。交往兩個月，確認他已陷入情網，她就開始替他擬訂戒菸計畫。

能夠戒菸，絕對是好事。但是，男人都不喜歡女人用愛脅迫他；半年之後，他們分手。負責介紹雙方認識的朋友，問了理由，男女說法大不同。女方覺得導火線起源於戒菸問題，男方卻歸因自己不喜歡她的心機太深。

相較之下，還有另一種愛情陰謀家，就是虎視眈眈看著對方的財富，但偽裝成很清心寡慾的樣子。起初交往時說：「別亂花錢，我什麼都不需要！」結婚之後，比誰都敗家。

最偉大的愛情陰謀家，是偽裝一輩子都沒有露出馬腳，這需要相當的功力。

否則，當陰謀變成陽謀，對方看穿這一切時，就是他決定離開的時刻。即使他沒有提出分手，最後還是留在身邊，但想法和態度會改變很多，已經不是當初的他。不是他無情，而是他不想被操控。

兩個人相處的過程中，當你想要操控對方行為的時候，其實是被自己的欲望操控。

愛情裡最珍貴的禮物是：讓對方有勇氣在你面前做自己。當你容許他做全然的自己，你也會放心地表現真實的自己。彼此之間，不再需要任何的偽裝與防衛，才能愛得輕鬆自在。

04

誘惑的時刻

出軌，是最誘惑人心的毒蘋果。

明明有些感情不該開始，為什麼有人還是無法控制地任由它繼續？

是對於過去不被愛的記憶，施展「報復」？

或是，另一種被自己扭曲的「抱負」？

如果你抵抗不了誘惑，想想，你可能只是要贏的感覺，不是愛！

阿德勒
勇氣心理學的
古典教導

同理心，是純粹的社會意識。
當一個人具備同理心，
就表示他的社會意識是成熟的。
從他是否展現同理心，
就能判斷體會別人心情的能力
是強，或是弱。

吳若權
給現代男女的
溫柔提醒

年輕男人面對第三者誘惑時，
透過理性地克制，
讓如火焚身的性愛衝動在瞬間被澆熄，
表示他真的成熟了，知道必須對自己負責，
對女友負責，也對第三者負責。

擁有拒絕被誘惑的勇氣，才能鍛鍊出成熟與負責的能力。

風流如他，竟曾經對心愛的女孩說過：「請把衣服穿回去！」這樣的話，哥兒們故意取笑：「唯一的可能就是：她應該是一隻大恐龍吧！」然而，事實正好相反。她面貌清秀美麗，身材玲瓏有致。能夠讓他拿出理性與良知，沒有輕易推倒她的原因，是他對她動了真心。

可惜當時他已經有交往多年的女友；而誘惑他的女孩正是系上直屬學妹，也認識他的女友。年輕男人面對第三者誘惑時，透過理性地克制，讓如火焚身的性愛衝動在瞬間被澆熄，表示他真的成熟了，知道自己必須為所有的事情負責。對自己負責，對女友負責，也對第三者負責。

一個年輕氣盛的男子，必須具備足夠成熟與負責的能力，才會擁有拒絕被誘惑的勇氣。反向而行，也可以同理得證：在親密關係中，擁有拒絕被誘惑的勇氣，才能鍛鍊出在人生其他面向中，成熟與負責的能力。

但是，悻悻然穿上衣服的學妹，從此沒有回到他的世界裡，即使在校園偶遇，也裝作沒看見，擦肩而去。

對她來說，既太尷尬，也太沮喪。為了把他搶過來，她已經使出全力，沒想到奮不顧身地走到他的床前，竟然還是被拒絕。

他不知道怎麼解釋這一切，也沒有把握可以妥善處理好三個人之間的關係，只好任憑學妹誤解，讓她以為他不喜歡她。就當那天的寬衣解帶，只是表錯情、會錯意，期望殺傷力可以降到最低。

若看過美艷脫星在影壇的發展史，不難發現「上床容易，下床難」的道理。當初靠著姣好的身軀一炮而紅很容易；而今要穿上衣服拚演技，總有點「回不去」的感覺。即使她真的很願意努力，愛護她的男性觀眾也給她機會，卻擺脫不了同行相忌的其他女星，落井下石地數落她的過去。

靠身體在情場或職場贏得競爭力，有什麼錯誤呢？

難道，對女人來說，這該算是「勝之不武」嗎？或是在衛道人士的刻板印象裡，除非走到山窮水盡、手無寸鐵的地步，只要有聰明智慧的女人，就不會輕易脫得那麼徹底？

無論是男人或女人，專一地把胴體的美麗，保留給自己和心愛的人欣賞，是天經地義。若是對外人，可以裸露到哪個地步？就要看脫下衣服當時最原始的動機。

男性的人魚線、女人的事業線，拿到市場上去銷售，永遠是若隱若現時，才有最大的商機。

回到兩人的世界裡，愛情畢竟不是買賣，願意赤裸裸地袒裎相見，除了真心之外，應該容不下其他目的。

阿德勒
勇氣心理學的
古典教導

情感，既是油門，也是剎車。
不要受情感支配，而是要善用情感。
用心傾聽內在的情感，
找到什麼是驅使自己
前進或後退的動機，
就能明白一切了。

吳若權
給現代男女的
溫柔提醒

如果一段關係，注定是不應該開始的，
就像一株花，種在不屬於它的泥土，
無論開始的時候懷抱多麼美好的期待，
最後花謝了、葉枯了，總是會被連根拔起。

當對方已經擁有一份愛，就算你搶到他，也只是得到贏的感覺，不是愛！

感情，沒有是非對錯！但是，有些感情明明是不該開始的，為什麼有人還是無法控制地任由它繼續呢？

你明明知道對方已經有交往中的對象，可是他確實是你很喜歡的類型。這時候，你被一個魔鬼的聲音說服了，那來自遙遠的聲音說：「愛，沒有先來後到！」他又信誓旦旦地說：「給我一點時間，讓我處理。」他甚至沒有提到任何會斷絕前一段關係的保證，他只是說他現在很不快樂。你就輕易相信了他。他沒有騙你，是你騙了自己。

從小三或小王，翻身變成正牌情人，機率高或低，很難意料。因為，成敗並不完全掌握在你手裡；而且，即使贏了，也勝之不武，即使最後贏得幸福，你還是不光彩的。甚至，你的心底會有個微妙的陰影——他會背叛前任情人，將來有一天也會背叛我！

另一種關係是，你明明知道他不適合，他根本不是你的菜，兩人不會有結果的，但是他非常積極地追求你，讓你享受到被愛的樂趣。

而真正讓你昧著良心、也讓他墜入地獄的是：他自討苦吃。他說：「不在意你愛他多少。」他說：「只要你願意，讓他愛你就好。」

所有事後令人恍然大悟的甜言蜜語，當下聽起來都像是真的。說是萬劫不復，或許太誇張。但是，真的沒錯啊。你就從此開始了被愛之旅，接受對方的慷慨付出。剛開始是既愧疚、又享受；過了一段時間，你終會習慣有一個人不計得失地，傻傻愛著你。

而這種感情的結果，只有四個可能：

1.歡天喜地。你終於被對方打動，也願意開始對他付出。

2.用盡配額。有一天對方覺醒了，不願再做個愛情傻瓜。

3.糾纏不清。你不願意繼續下去，對方卻還是不肯放手。

4.角色輪調。轉換成你愛上對方，而他已經沒那麼愛你。

當對方已經擁有一份愛，無論你是主動去搶，或被動去接受疼愛，你最終得到的只是贏的感覺，不是愛！如果一段關係，注定是不應該開始的，就像一株花，種在不屬於它的泥土，無論開始的時候懷抱多麼美好的期待，最後花謝了、葉枯了，總是會被連根拔起。

徘徊在三個人之間的愛情，永遠就是這樣千迴百折，柳暗花明。如果你不想要這麼折磨自己，不該開始的愛情，就讓它在心門前止步吧。

阿德勒
勇氣心理學的
古典教導

當一個人覺得自己被誤解，
或是處處受限，
就會感到軟弱，想要逃避，
伴隨著極深的絕望，
報復的心態悄然而生。
而婚姻中最大的報復，就是出軌。

吳若權
給現代男女的
溫柔提醒

所有透過出軌，
把自己或對方的人生搞得一團亂的人，
往往都不知道自己究竟在做什麼。
其實他真正要抒發的是，
對於過去不被愛的記憶，施展「報復」。

發現對方劈腿，先不用自責，他被第三者誘惑，不是你的錯！

很多意外發現伴侶竟會劈腿的無辜男女，都會在東窗事發的當下，痛苦地說：「怎麼可能？我無法相信，他那麼忙，根本就分身乏術，怎麼還會有時間跟第三者搞在一起？」

如果你以為：劈腿，是有錢有閒的人才能玩的遊戲！你可能錯估劈腿的迷人之處，或增加更多無謂的惱人之恨。

誘惑的動機，剛開始時多半只是好玩。即使沒錢沒閒，誘惑還是無所不在的。尤其，現代社會裡，有些小三或小王擺明就是想玩玩，來點刺激的生活體驗，並沒有真正要從對方身上得到什麼好處，也不會要求金錢的彌補。

所有透過出軌，把自己或對方的人生搞得一團亂的人，都不知道自己究竟在做什麼。其實他真正要抒發的是，對於過去不被愛的記憶，施展「報復」。甚至是，另一種被自己扭曲的「抱負」。

至於偷情的時間，並不需要太多，也不需要太充裕，反而更有「偷」的快感。一位作風開放到令我咋舌的高中女生說，她生平的第一個感情對象是家庭教師，年約三十五歲，已婚。

他在另一所私立高校任教，因為教學效果卓越，受到很多家長信賴，爭相約聘為家庭教師。她和他偷情的時間，每次只有五到十分鐘。從剛開始的耳畔廝磨，到後來的乾柴烈火，像巧克力廣告那樣「只溶你口，不溶你手」，過程乾乾淨淨，結束清清爽爽。這段不倫戀，到她考上大學才戛然中止。

另一位男性朋友，從事業務推廣性質的工作，他的女友是同一家企業不同部門的業務助理，即便工作關係已經如此親密，女友監控超級嚴格，他還是有機會在拜訪客戶的空檔，和陌生的女性網友約會。這些對象多半是餐飲業、服務業、自由業，利用輪班放假的午後，找男人一起發洩情慾，並不限制對方的感情發展，也不要求對愛忠誠，各取所需，快速解決。

我調查幾百位曾有過偷情經驗的對象，他們坦承任何時間都有可能縱慾尋歡，像是早晨遛狗、送小孩學鋼琴、到醫院拿藥，甚至只是在餐廳藉故上個廁所……所有令你匪夷所思的時間，都可能暗藏感情出軌的春色。

你的伴侶很忙，並不等於他很乖，別被時間的假象，遮掩你該看見的事實。你該留意的，反而是：他是否有某些身心需求，沒能夠從你這裡得到滿足？

如果，答案很殘酷，他確實有某些身心需求，無法從你這裡得到滿足，你也不要太過度自責。不能遵守一對一的關係，那是他的課題，不是你的問題。即使這件事已經對你造成很大的困擾與傷害，也不是你的錯。這時候，就要善用阿德勒勇氣心理學的「課題分離」原則，讓自己不再陷入不必要的自責。

阿德勒
勇氣心理學的
古典教導

男女都必須建立平等互惠的關係，
才能正確認同自己的性別。
若有一方屈從，
就像被統治那般令人難以忍受。
兩人若希望過得幸福，
前提是女性能夠先認同自己。

吳若權
給現代男女的
溫柔提醒

愛情，若是女人一雙很合腳的鞋，
即使穿破了她還是願意上街，
宣示著幸福曾經陪伴她行走過多少江湖。
女人希望以自己對感情的念舊，
交換男人對她的忠誠。

女人擅長克制喜新厭舊的誘惑，藉此交換男人對她的忠心。

喜新厭舊，常是女人用來數落男人對感情不忠的說詞。但是，在生活中的其他面向，尤其是時尚的配備，毋庸置疑地，大多數女人是比較喜新厭舊的。

很少女人會用同一個包包、穿同一件外套、梳同一款髮型超過十年；相對地，男人對於這方面比較不那麼講究，甚至一陳不變，感覺上似乎比女人要更穩定而忠心？

所以，我們該在此刻就下個定論嗎？喜新厭舊，是人之常情！只是男女表現方向不同。男人的喜新厭舊，表現在感情的對象上；女人的喜新厭舊，只是對於流行時尚的要求？

如果真的是這樣，沒有感情經驗的年輕女孩，可就要非常小心了。若在日常生活觀察男人的忠實，會有很多錯判形勢的陷阱。

有個剛上大學就讀的女孩，看到交往剛滿兩個月的男友，始終鍾情於高中時期的一件外套、用了很久卻捨不得丟的自動鉛筆、一瓶十七歲那年生日朋友送的古龍水……就以為這個男人對感情也必定很忠誠，那就有點言之過早。

與其觀察男人對於同款日用品的執著，不如換個角度了解，男人對於同一款機車或汽車的愛好，即使他明明有經濟上的能力，還是基於念舊的理由，守著愛車不肯汰換，這樣就比較接近他對感情的忠誠。

女人對於時尚的喜新厭舊，自然不在話下，尤其那些退流行的衣裙、鞋子和眼影，很少能讓她們繼續鍾情。但女人對此還是捨不得丟棄，總覺得哪天可能還會流行回來，便暫時束之高閣、堆滿衣櫥。

多數女人不會承認，自己對感情也有喜新厭舊的偏好。她只是想藉由感情穩定，不容易被誘惑的堅持，來凸顯自己高貴的特質，區別她和男人喜歡嚐鮮的生物本能不一樣。

愛情，若是女人一雙很合腳的鞋，即使穿破了她還是願意上街，宣示著幸福曾經陪伴她行走過多少江湖。

女人希望以自己對感情的念舊，交換男人對她的忠誠。她只會在撒嬌的時候，很理直氣壯地對男人說：「姑娘我可是很喜新厭舊的喔！」充其量，她想給他一點警惕、一點激勵。

最後，女人才發現一個既幸福又悲哀的事實：她對於時尚的喜新厭舊，原來是為了滿足男人對感情的喜新厭舊。她希望自己天天看起來都不一樣，才不會被男人厭棄。

05

計較的時刻

相愛中的人，請記得：他雖有缺點，你也不完美。

站在天秤的兩端，斤斤計較著誰愛誰多些、誰對誰付出多些，

只會耗損掉彼此愛的基石。

最好趁還在相愛的時候，就發現「原來，真的是你對我比較好」；

否則分手後，才知道是自己辜負對方的愛，就追悔莫及了。

阿德勒
勇氣心理學的
古典教導

明明沒有比對方優秀多少，
卻又故意在他面前表現高傲，
利用自己創造出來的優越感，
以彌補根深蒂固的自卑感，
這就是一種負向補償的
「優越情結」。

吳若權
給現代男女的
溫柔提醒

當你過度強調自己的委屈時，
其實就等於完全忽視了對方給你的包容。
當你抱怨對方某些地方有多不好，
同時也忽略了他大多數的時候對你還不錯。

鮮花配牛糞，其實剛剛好，對方沒有比你差多少。

她在朋友眼中是個很好的女孩，但大家心知肚明，在戀愛的市場上，她未必暢銷搶手。她跟朋友相處，個性直率不囉唆；挑選感情對象時，態度卻「龜毛」得很。曾經幾次有朋友幫她介紹對象，都是在見面一次之後，就被她「打槍」。

由於「退貨」次數太多，朋友的熱心漸漸減淡。因此，她自己有所警覺，再不自力救濟多多努力，將來隨著年紀愈大，可能就很難再找到理想伴侶。透過網路交友的平台，努力幾個月之後，終於有點眉目。朋友曉得她開始約會了，都急著想知道她的真命天子是誰？

找了很多藉口，她就是不肯安排好友和男友見面。真正的原因，當然是她自己沒有準備好。這樣的心態，對男方很不公平。尤其是她口口聲聲，說要以「結婚為前提」慎重地交往，男方已經認定她是正式女友，她卻還沒有百分之百地落實自己的心態。

在好友再三逼問之下，她終於說出實情。

她覺得對方不夠完美，擔心自己是「一朵鮮花插在牛糞上」，白白辜負了這多年來「寧缺勿濫」的等待。繼續數落著對方的缺點，她真心替自己委屈起來。旁聽的朋友雖然感到一臉的無奈，也只能安慰她，世事難完美，不要太苛求。

類似這樣的例子很多，女人自比鮮花，感覺被插在牛糞上，是一種糟蹋、一種侮辱。但男人何嘗不覺得自己無辜，被對方說成牛糞，兩人的條件真的差這麼多嗎？

誰沒有缺點，誰又能完美呢？當你過度強調自己的委屈時，其實就等於完全忽視了對方給你的包容。當你抱怨對方某些地方有多不好，同時也忽略了他大多數的時候對你還不錯。當你覺得你忍他很多，有可能他也忍你很久了。

伴侶之間應該講究的公平對待，並非只是比較誰付出多少，更重要的是自己的心態。千萬不要抱著被迫害的心理去談戀愛！

他雖有缺點；你也不完美。要能珍惜對方的優點，包容他的缺點。否則，沒人逼你跟他在一起，請你閉上愛批評的嘴，優雅地轉身離開。

阿德勒
勇氣心理學的
古典教導

防衛型的人格，
既不相信人性中有良善的特質，
也不認為人生有光明面，
表現出愛批評、愛計較、
吹毛求疵等行為，
連別人無關緊要的小毛病，
也絕不放過。

吳若權
給現代男女的
溫柔提醒

當彼此都能發現細節裡的付出與感謝，
愛神就適時展現祂的幸福甜蜜；
當雙方落入細節中的要求與挑剔，
魔鬼必然伸手摧毀這段感情。

可以在細節中表達感謝，但不要在小地方吹毛求疵。

雖然有句話說：「魔鬼，藏在細節裡！」用來提醒人們：忽視細節，可能造成大錯。

但顯然這句話的呈現方式，比較是負面表述。細節，確實很重要。如果，忽視細節，容易造成大錯；反之，重視細節，可能換得成就。

以上的勉勵，並非只適用於人生勵志或職場格言。有過深刻戀愛經驗的人，必當點頭如搗蒜。如果你曾收到戀人精心為你挑選的卡片，發現對方記得你多年前無意間講過的一個喜好，或是他每次點餐時總記得你愛吃什麼小菜……就會發現：不僅魔鬼會藏在細節裡，愛神也同樣藏在細節裡。

更弔詭的是，你別擔心魔鬼和愛神，一起擠在細節中，空間狹窄，必定很累。其實魔鬼和愛神，十分可能都是同一個神（鬼），端看你如何看待，或祂對你的愛情影響是成是敗。

一對熱戀中的情侶，感情好到以「老公」、「老婆」互稱。幾個月來，曾一起吃過山珍海味、粗茶淡飯，也一起品嘗過幸福喜悅、痛苦辛酸。

就在他們旅行回來的幾個月以後，老公居然說他在旅途中印象最深刻的，並不是吃了多少美味的食物；而是平日省吃儉用的老婆，通常用餐過後，都會「門前清」，把所有食物吃光，那天卻在咖啡館留下半片難以下嚥的三明治，他因此感到萬分心疼。他說：「像妳這麼省的人，都吞不下去，可見那份三明治有多難吃了！」

老婆聽了十分感動，那半片沒有吃完的三明治，的確是因為難吃到令她胃

名人的情感日常練習：

愛情就像在銀行裡存一筆錢，能欣賞對方的優點，如同補充收入；容忍對方的缺點，這是節制支出。所謂永恆的愛，是從紅顏愛到白髮，從花開愛到花殘。

十七世紀英國哲學家
培根（Francis Bacon）

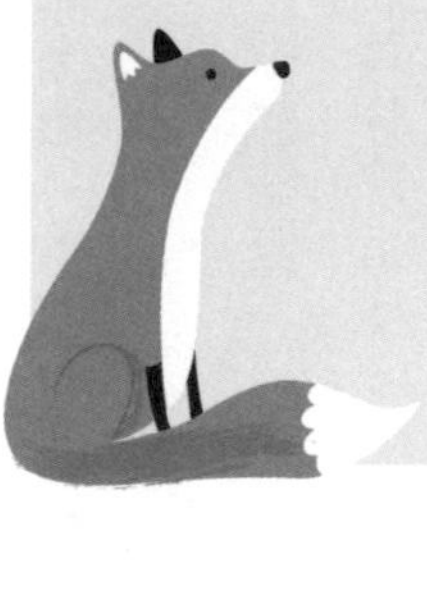

痛，才遺留在餐盤上的。老公不僅觀察入微，還記憶深刻。事隔幾個月，老公竟會為此心疼。

於是，那份難吃的三明治，象徵著殘缺的完美，讓他們個性中的特質，以最幸福的姿態相遇。老公的用心觀察，看到老婆的美德與掙扎，而萬分珍惜。

在相愛的過程中，對方種種細心地付出，需要你細心地覺察，彼此才會有深深的感動。

如果只是一方細心地付出、或細心地覺察，而另一方總是粗枝大葉、不以為意，這樣的互動方式，還是很容易出問題。心思細密的這一方，總是會期待落空；而粗枝大葉的這一方，老覺得自己又沒怎樣，為什麼還是讓他不滿意？

當彼此都能發現細節裡的付出與感謝，愛神就適時展現祂的幸福甜蜜；當雙方落入細節中的要求與挑剔，魔鬼必然伸手摧毀這段感情。

戀人會碰到愛神還是魔鬼，關鍵在於彼此的心態，而不是機運。

你一定看過另一種對照組伴侶，同樣是重視細節，卻喜歡以挑剔的眼光或口氣，彼此在小地方吹毛求疵，表面上說是為了對方好，實際上是為了表現自己很優越。這就是阿德勒心理學理論中，因為自卑感而產生的「防衛型」人格，形成相處的障礙。

若要改變這種相處模式，就要改變態度，以及看事情的角度。在細節中感受對方付出的心意，從小地方給對方具體的鼓勵，雙方才能以正向的溝通，取代計較與懷疑。

阿德勒
勇氣心理學的
古典教導

當彼此陷入競爭，
就會掉進無間地獄。
為了不讓自己屈居下風，
只好加倍努力往上爬，
在「縱向關係」裡試圖分出勝敗，
最後必然是正負相抵，
結果就是零。

吳若權
給現代男女的
溫柔提醒

相愛的兩個人之間，輸贏並沒有意義，
比輸贏更重要的是：
學習從對方的角度去看待付出這件事，
才不會總覺得自己做牛做馬，
對方都在坐享其成。

在愛情裡彼此算計誰的付出比較多，最後必然是雙方都輸得很慘。

對愛情認真的人，都會覺得自己已經付出百分之百的真心。用盡全力，義無反顧。正因為不求回報，不怕被辜負，所以任憑自己愛得理直氣壯，無愧於心。

但是，這些都只是自己的想法、自己的觀點。愛到最深處所失去的理性，並不只是看對方的優點或缺點而已，還包括可能忽略對方也有用他的方式付出，而在那個當下，你只是理所當然地接受。

她在熱戀期間，體貼地觀察他的需要，除了幫他換掉使用多年的皮夾，幫他準備最愛喝的茶包，還送他一頂新的安全帽。儘管他也常準備她喜歡的點心及飲料，但她都認為自己並不介意物質上的回報，只要確定他真的愛她就好。

不過，一對情人甜蜜地相處，如同脣齒相依，還是會有不小心咬到的時候，他們討論到誰比較愛誰的時候，竟像是站上擂台的對手，互不相讓。她堅持她愛他比較多；他卻認為自己付出的也不會比她少。

明知這樣幸福的帶著趣味的語調爭辯，其實沒有真正的意義，誰輸誰贏都只是甜言蜜語。

可是，兩人嘀嘀咕咕爭辯久了，很幸運地漸漸聽出對方的邏輯。她表達愛意的方式，是很直接而明顯的，例如：透過禮物或言語。慷慨的餽贈、熱情的鼓勵，對她來說，就是表達愛的方式。

而他的個性內斂，為愛輸誠的方式比較低調，例如：不管忙到多晚，都準時按照約定的時間，給她說晚安的電話；只要是兩人約會，即使當天再累，都會送她回家。他默默付出，以為她都會明白。

交往半年多，他才說出自己多麼在意她。他曾經有過三次戀情，從來沒有在認識第一個月，就把女友帶回家正式介紹給家人，這是他對這段感情的看重與承諾。

表白到這裡，她終於恍然大悟地承認：「原來，是你對我比較好！」

在愛情的世界裡，若要站上「誰付出比較多」的擂台，即使聲嘶力竭要去分出勝負，也是很不容易。

而且，相愛的兩個人之間，輸贏並沒有意義，比輸贏更重要的是：學習從對方的角度去看待付出這件事，才不會總覺得自己做牛做馬，對方都在坐享其成。若能體會對方也用他的方式盡力對待，就該公平地肯定他的貢獻。

最好趁著還在相愛的時候，就發現「原來，真的是你對我比較好」；而不是等到分手以後，才突然想到這個已經成為過去式的事實。那將會是個永遠追不回的遺憾，當時你覺得自己沒有被善待，後來才知道原來是自己辜負對方的愛。

阿德勒
勇氣心理學的
古典教導

在愛情與婚姻中，
兩人都要拿出最高的同理心，
以及絕佳的能力，來認同另一半，
且時時刻刻為另一半著想，
用換位思考，了解對方的想法，
體貼他的心意。

吳若權
給現代男女的
溫柔提醒

戀愛後才發現對方令自己難以忍受的缺點，
最好的方法，不是勉強自己閉上眼睛，
假裝不在乎的樣子，
而是藉此看清楚，自己在害怕什麼？
他的缺點，究竟刺痛到
你心中的哪個你不願意面對的軟弱？

自己很沒有安全感，才會要求對方表現完美。

誰沒有缺點？理智的時候，我們都承認這是事實，不該以世俗的眼光苛求完美。但是當陷入情網後，有一天發現對方的某個缺點，正好刺激到自己一個最不能忍受的脆弱，就如同一顆沙粒吹進眼底，容納不下的酸楚，變成眼淚，紛紛墜落的同時，冷卻感情的溫度。

他愛說大話；他常在朋友面前打腫臉充胖子；他愛亂花錢（即使真的沒有花到你的錢）；他愛跟別人比較；他粗心大意……

她有點虛榮；她小心眼；她貪小便宜；她有時愛說謊；她打扮常失準；她作

息很亂；她愛吃零食又嫌自己胖……

情人的小缺點，起初都只是長在後腦勺一粒微不足道的青春痘，原來以為頭髮蓋住就沒事，哪裡想到它會在你失眠的夜裡，開始發癢、刺痛，接著你忍不住去摳它，接著就失控地流出血、化成膿，倘若不趕快消毒止血，很可能惡化成爛瘡。

朋友勸說：「這真的沒什麼呀！又不是什麼致命的缺點，你何必那麼在乎呢？」而你的疑惑總是：「當我有一天，變得什麼都不在乎的時候，我們之間還是愛嗎？」

這是個好問題。如果他不是你的情人，只是你的朋友，你不會這樣苛責他。對情人的基本要求，本來就比對朋友的期待標準，要高出很多。朋友一天抽三包菸，你都不會有任何感覺；情人一天抽一包菸，你就能預測他快要得肺癌。

可是，仔細想想，這些看似缺點的行為，有哪些是真的會妨礙到彼此感情的進展？

或者，其實和感情的發展一點關係都沒有，純粹只是自己的挑剔？

根據阿德勒心理學的原理推論：通常就是因為對自己很沒有安全感，才會要求對方表現完美。明明知道對方不夠完美，你非要再從雞蛋裡挑出骨頭，才能因為證明自己是對的而感到放心。然後，還逼對方要把雞蛋裡所有可能存在的骨頭都剔除。

說穿了，戀愛後才發現對方令自己難以忍受的缺點，多半是情緒上的看不順眼，而不是真正罪大惡極到妨礙感情的發展。你希望對方可以因為重視這段感情而改變；如果他不肯做出改變，你就覺得他不愛你。

從這個邏輯推演下來，你真正在乎的，並非他的缺點，而是他是否重視這段感情？若不想作繭自縛，最好的方法，不是勉強自己閉上眼睛，假裝不在乎的樣子，而是藉此看清楚，自己在害怕什麼？他的缺點，究竟刺痛到你心中的哪個你不願意面對的軟弱？

若沒有經過這一層思考，很容易把雙方爭執的重點，放在對方的缺點上，並以自己在乎這段感情，當作要脅對方必須做出改變的後盾，還會楚楚可憐地說：「我若不在乎，就是不愛了！」

其實，正因為你在乎；所以，更必須面對真正的事實。他愛不愛你，才是重點。他若真心愛你，就算有些改不掉的小缺點，根本不必太在乎。如果你太在乎這些微不足道的小缺點，堅持表面上的完美，表示你並不真正愛他。

名人的情感日常練習：

真正的愛情能夠鼓舞人，喚醒他內心沉睡的力量和潛藏的才能。

十四世紀義大利作家
薄迦丘（Giovanni Boccaccio）

阿德勒
勇氣心理學的
古典教導

當兩件事情並沒有絕對的因果關係，
卻硬是被牽連成為因果關係，
稱之為「偽裝的因果論」。
企圖逃避人生課題的人，
常用「偽裝的因果論」替自己
找逃離的藉口。

吳若權
給現代男女的
溫柔提醒

因為你條件太好，或你對我太好，
好到我有壓力，是最令人難堪的分手理由。
當下，聽了可能很感動，也很遺憾。
事隔多年以後想想，
原來那只是一個美麗的藉口。

在「誰付出的愛比較多」的感情擂台勝出，並不會令贏的人感到快樂。

兩人交往一段時間之後，才以「其實我配不上你」為理由分手，表面上好像比較不傷人，實際上並不會比較容易被接受。

以「其實我配不上你」的說詞提出分手，只有兩種可能。一種是真正的理由，另一種是假裝的藉口。但即使這是真正的理由，未必可以說服對方。

她的男友在交往三年之後，用這個理由提出分手。她相當不能接受，心裡更難過。

當初決定要正式交往之前，她已經單刀直入問過對方：「你不會介意我的學歷比你高吧？」因為她擁有碩士學位，男友則是高中畢業。

她本身覺得沒關係，但男友的幾位好友曾表示，將來論及婚嫁時這鐵定會是個問題。當時男友斬釘截鐵地說：「我會證明給大家看，這不會是問題。」

後來他去補習班報名，計畫考公職，卻只有三分鐘熱度，上了幾個星期的課，就以「白天工作很累」為由，經常缺課。後來連續兩年都沒有考上公職。熱戀期過了，感情淡了，之前以為不是問題的問題，慢慢浮現了。

最後，竟以「其實我配不上你」為理由分手。

或許他說的有可能是事實，但她很難接受。

令她感到非常氣餒的是：他為什麼不努力一點、長進一點，積極去追趕兩人之間所謂「配不上」的距離，而就這樣輕言放棄？

更何況，這不是交往之初就知道的事情嗎？那時不介意，現在變成問題，真的很難令人心服。

因為你條件太好，或你對我太好，好到我有壓力，是最令人難堪的分手理由。當下，聽了可能很感動，也很遺憾。事隔多年以後想想，原來那只是一個美麗的藉口。

另一種把「其實我配不上你」當藉口以求分手的狀況，就更令人不堪了。之前有個來自上海的男士找我提供感情諮詢服務，他就有這種非常痛苦的經驗。回憶起分手的時候，他氣急敗壞地問女友說：「論外貌、能力、家世，妳哪一點配不上我？」

她想了很久，竟回答：「是很無形的東西，我也說不上來，反正我就是配不上你。」

分手多年後，回想起來，這位上海男士終於懂了，那個女孩唯一配不上他的地方，就是他愛她，比她愛他多了很多。

然而，在這種有關「誰付出的愛比較多」的感情擂台競賽勝出，並不會令贏的人感到快樂。即使分手多年以後，他仍寧願當年輸給她，讓她愛他愛得比較多，或許這樣兩個人就不會分手。

06

思念的時刻

想見，卻無法相見，是最揪心的思念；
仰望同一片星空，知道有個人正在想你，是最甜美的思念。
思念，伴隨而來的是孤單，是擁抱與體溫的渴望，
唯有信任與堅定，才能讓這份愛真正的穩定。
而且，你的堅定是自己創造的，不是對方施捨你的。

阿德勒勇氣心理學的古典教導

要消除恐懼，最好的方法是：
建立彼此之間的信任。
唯有當我們知道，
自己和別人是一體的，
生活中才不會
一直存在著莫名的焦慮感。

吳若權給現代男女的溫柔提醒

相愛，是人間最私密的利他行為，
不只是你能付出多少愛給對方而已，
更重要的是，你如何讓對方
真正感受到你所願意付出的這份愛，
足夠讓他感覺安心。

在想念而不能相見的時候，既不害怕孤單，還對未來充滿期待。

如果你很想跟一個人整天黏膩在一起，到片刻不能分離的程度，可是現實原因又必須暫時相隔兩地，你會用什麼方式把對方的愛，隨時攜帶在你的身邊？

最常聽見的老梗是：「我會把你放在心底！」

很多女生聽了這句話，會感慨地說：「雖足夠甜蜜，卻也有點抽象。」

男人常不解風情，委屈地反駁：「我都已經把妳的照片放進我皮夾裡了，妳還要我怎樣證明，我真的有把妳放在心底。」

我還聽過很懂得在愛情上得寸進尺的女孩，覺得此舉不免俗氣，竟還回嗆說：「我這麼如花似玉，怎能跟鈔票擠在一起？」

年輕男孩做法比較現代，手機螢幕設定的圖片，選的就是女友的照片，那已經等同於愛情的神主牌，神聖不可侵犯。既是對自己的提醒，也是給別人的警示，猶如婚戒般，宣告著他已經是有女伴的男人。

當男人可以出自真心地做到這點，女人也不能再強求太多了。

相愛，是人間最私密的利他行為，不只是你能付出多少愛給對方而已，更重要的是，你如何讓對方真正感受到你所願意付出的這份愛，足夠讓他感覺安心。尤其是在想念而不能相見的時候，既不害怕孤單，還對未來充滿期待。

倒是我聽過另一個溫馨的故事，把愛情的思念傳達得很纏綿。

那年的冬天特別冷，下雨的日子很長。從事餐飲事業的他，總是早出晚歸。面對剛燃起愛苗的遠距離戀情，心愛的人在天涯的另一方，彼此的心情都是既甜蜜又心酸。

幸好可以透過電腦、手機等通訊軟體，讓雙方傳情達意。每天清晨從賴床到出門上班，中午從吃飯到休息，晚上從洗好澡到睡前，利用這些短短的時間，纏綿所有長長的思念。

他自認口拙，文筆也不好，那天出門上班前，能夠在手機小小螢幕上打出：「我會把妳藏在口袋裡，一整天帶在身邊。」應該是神蹟。她因此萬分感動，這句話也成為彼此愛的通關密語。

從此，她撒嬌時問的不再是：「你愛不愛我？」而是：「今天的我，有沒有在你的口袋裡？」

把愛藏在口袋，是個很溫暖的意象。如果愛情可以是我們人生旅程中的貼身行李，而我可以把對你的想念都裝進外套的口袋裡，伸手進去就觸碰到彼此的愛意，足夠溫暖相愛的每一個冬季。

阿德勒
勇氣心理學的
古典教導

當我們心中
沒有控制對方的念頭，
就不會感到焦慮。
唯有穩固自己的生命條件，
不再處處印證自己是對的，
才會獲得真正的幸福快樂。

吳若權
給現代男女的
溫柔提醒

回到自己的內心，
認真看待你所覺察的一切，
是否能夠讓自己安心。
即使過去曾有創傷，也不能拿來當作
自己此刻感情不夠堅定的藉口。

感情要經營到想念對方時，心慌意不亂的地步，才算是真正的穩定。

當你剛開始愛上一個人，想他想到心慌。只要沒見到他，你就不知所措。總得等聽到他的聲音，看到他的人影，你才能安心。

對方若因此心疼，哄著你說：「小傻瓜，我又不會不見。」「我會一直在你身邊。」你將更安心了。就怕他不解風情地說：「你不要那麼神經質好不好？」你只能在哭笑不得中，感到愛情的挫折。

「想你到心慌」是多年前歌手張清芳唱紅的一首歌，就是因為歌詞唱進很多人的心坎，無論是否處於熱戀期，甚至是單身的人們，都能引起內心的共鳴。

愛，曾經有多遠，又有多近。當你或對方的心底，還存在一點點的不確定，想你到心慌的情緒，就會不由自主地浮現。

心慌；意亂。不同的是，當彼此情意甚堅，而且內心篤定，擔憂的只是未來連老天都不肯透露的不確定性，即使偶爾會感到心慌，情意卻會更加堅定。

相對地，如果你想著對方的時候，無法確知：他有沒有想你、會不會愛你、是不是跟別人在一起？這樣的心慌，絕對會帶來意亂的結果。

若想要自我評估一份尚未成熟的感覺，是否「想你到心慌」，將會是一段戀情能不能穩定發展下去的重要指標。

相愛，卻不能相見，想念對方時，心慌意亂是正常的；但感情要經營到想念對方時，心慌意不亂的地步，才算是真正的穩定。

當你想他想到心慌時，問問自己：「我愛他的信念，因此而更堅定一些？」或是：「煩死了！我根本搞不清楚，他究竟有沒有跟我愛他一樣地愛我？」

前者，讓你更有信心勇往直前；後者，讓你陷入感情的困境。

「心慌意堅」和「心慌意亂」的差別所在，並不是對方好不好、要不要、愛不愛；而是回到自己的內心，認真看待你所覺察的一切，是否能夠讓自己安心。即使過去曾有創傷，也不能拿來當作自己此刻感情不夠堅定的藉口。

這也是阿德勒心理學很重要的理論基礎之一：「課題分離」的應用。你的堅定是自己創造的，不是對方施捨你的。因此，別怪對方未能給你堅定的力量，因為所有堅定的力量來自你內心的取捨。

即使，你發現對方用情不如你深，也不夠專一，而在心慌之後決定要離開他，這也算是一種難得的篤定。

阿德勒
勇氣心理學的
古典教導

伴侶之間，存在美好的合作關係，
任何一方都不可能接受
卑屈的地位。
若有一方想要支配，
硬要另一方服從，
兩人就無法共同獲得豐盈的幸福。

吳若權
給現代男女的
溫柔提醒

你和他都是各自獨立的個體，
你愛他、對他好、為他付出，都是對的，
但不要刻意在「委曲求全」
或「討好對方」的心情下，
扭曲自己內在的堅持與完整。

愛得再深，都要保留一點空間，給自己，也給對方！

無論愛到什麼程度，親密關係發展到哪個地步，在論及婚嫁之前，別忘了留片夜色給自己！

或許，這一晚你有點累了，真的不想回家。

或許，你覺得反正都已經有過肌膚之親，沒在乎這些。

或許，你捨不得走，想要多擁有對方一時半刻……

但是，若想愛得幸福長久，趁著夜色深濃而黎明未到前，請你穿起衣服，拿起包包，狠心一點，離開對方的體溫，祝他今晚有好夢。

你的離開，讓他想念。

留片夜色給自己，也把自己美好的形貌留給對方，不需要面對明天清晨醒來時的尷尬。

試著想像：兩個依偎在一起的身軀，張開惺忪的眼睛之前，已經聞到對方口中特別的氣味；而矇矓視線的第一個畫面，是對方披頭散髮、囚首垢面。若還能不計後果地喊著對方的暱稱，然後「換個姿勢、再來一次」，那會是動物性的本能，或是真的已經愛到深處呢？

這問題，恐怕連當事人都未必能理智地分清楚，真正的答案是什麼？

等到彼此習慣對方清晨醒來的形貌時，恐怕兩人更像是家人的感覺，已經比熱戀的感情要多很多了。

所以，不要輕易留在對方的床上過夜。即使你覺得上床無所謂，還是要把握下床的智慧。只要你賴著過一晚到天亮，兩人的關係中最後的一點神秘感都會消失殆盡。

名人的情感日常練習：

只有經得起別離的痛苦才是真正的愛情。愛情不是一種塵世的感情，乃是一種天上的感情。

二十世紀俄國小說家
托爾斯泰（Leo Nikolayevich Tolstoy）

無論約會到多晚，記得抽身離開。

趁著跟他天荒地老之前，留片夜色給自己吧！

或許，那也是讓愛情得以繼續保持新鮮，一個很難忍耐、卻必須堅持的重點。別輕易開先例留下來，你們之間還有無數的夜晚可以共度，總有一天彼此都會習慣老夫老妻的生活，何必急於一時呢。

尤其，當你已經無法守身了以後，就為自己守夜吧！

至於什麼時候可以放棄這道防線？從留宿一晚，到變成閨中常客，甚至同居呢？

答案，並非感情穩定或論及婚嫁，而是你不在乎自己有沒有神秘感的時候。此刻，你的愛確實已經毫無保留，因為你連最後的自己都淪陷在裡頭。

即使你們已經相愛很久，甚至已經結婚多年之後，都要記得：保留一點空間給自己，也給對方。

不要渴望「完全不分彼此」的人生，你和他都是各自獨立的個體。你愛他、對他好、為他付出，都是對的，但不要刻意在「委曲求全」或「討好對方」的心情下，扭曲自己內在的堅持與完整。否則，未來有一天，你會覺得自己的犧牲，一點都不值得。

阿德勒
勇氣心理學的古典教導

愛情與婚姻，
需要兩個人共同經營。
不是一個人努力，
也不是多個人參與。
就像兩人共同拿一把鋸子要
鋸斷木頭，必須同心協力，
注意對方，配合動作，才能完成。

吳若權
給現代男女的溫柔提醒

真正讓遠距離戀愛無法持續的，
並非是想要而無法立刻獲得的體溫，
也不是彼此是否擁有足夠的信任，
而是對於繼續等下去，
未來會不會有結果的信心度動搖了。

遠距離戀愛的最大考驗，不是無法見面的想念，而是對未來的信念。

很多年前，有機會跟一位講話葷素不忌的女性作家前輩同台座談，她為了標榜自己是時代新女性，刻意提出很多跟性愛有關的大膽言論。台下有一千多位大學生，聽得目瞪口呆。

其中，年輕的女孩提問有關遠距離戀愛的問題，她直截了當地說：「分了吧，總有一天妳會知道：體溫比想念迫切。」

或許因為生理構造的不同，男人對「體溫比想念迫切」的體驗，會比女人深刻。但那個階段的我，還是純粹浪漫的愛情信徒，身邊也有幾位能夠為愛守貞的

男性友人，總覺得不該輕易地一竿子打翻一船人。遠距離戀愛，還是有可能幸福的。隔著千山萬水，春夏秋冬，咫尺天涯，最後等到重聚的那一天，這是多美的等待啊！

從前通訊不發達，身處異地的兩個人，的確很不容易維繫感情，而今網路如此便利，視訊電話這麼普遍，遙寄相思也只是一瞬之間，還有什麼障礙可言？於是，體溫彷彿成了唯一不能克服的問題。體溫，無法飛鴿傳書，不能快遞，即使手機或網路通訊軟體再發達，也幫不上忙。在你孤單到立刻需要擁抱的時候，這個渴望注定要落空。

事隔多年以後，我想起那位女性前輩的話，幾乎要被她說服。可是，看遍身邊所有曠男怨女的實例，還是得到一個不同於「體溫」說法的結論：真正讓遠距離戀愛無法持續的，並非是想要而無法立刻獲得的體溫，也不是彼此是否擁有足夠的信任，而是對於繼續等下去，未來會不會有結果的信心度動搖了。

當體溫比想念迫切的時候，頂多情緒不好，偶爾鬧個脾氣。當懷疑對方可能不忠的時候，因為無法求證，也就當作沒這回事。只要重逢的那一刻，你還是對方唯一的歸途，所有的懷疑都可以化為烏有，所有的辛酸都可以默默承受。

愛情，若是一場賭局，最後只想贏得對方恆久的愛。不論地理遠近、不管時間長短、不問彼此的心意是否有過懷疑，當他風塵僕僕回來，而你仍歷盡滄桑守候，一切都值得。

遠距離愛情，最難熬的，看起來是無法相聚時的思念；其實，真正的挑戰是：結束遠距離的關係後，當兩個人終於朝夕相處時，是否可以通過柴米油鹽醬醋茶等種種生活磨難的考驗。

07

謊言的時刻

幾乎每個人都撒過謊；但是，每個人都不喜歡被欺騙。
愛情裡善意的謊言，是不想傷害對方，還是為了保護自己？
或許，那是自我的逃避，缺乏面對真實狀況的勇氣。
若不想成為愛情裡的大說謊家，
除了「減少偽裝」，還要懂得善用「換位思考」。

阿德勒
勇氣心理學的
古典教導

若總是抱著懷疑的態度，
那就根本不應該結婚。
如果婚姻中的兩人
都想要自由自在地生活，
就無法真正做到坦誠相待，
而這段關係也不能
稱之為「愛情」。

吳若權
給現代男女的
溫柔提醒

善意的謊言，是否違背道德呢？
要看你說謊的動機，
是怕真相會傷害到他，或是為了保護自己。
前者，情有可原；後者，只是自私。
但其實兩者很難涇渭分明。

善意的謊言，遊走在道德邊緣，既不想傷害對方，也想要保護自己。

幾乎每個人都撒過謊；但是，每個人都不喜歡被欺騙。

謊言，是伴侶間最弔詭的應對方式。它很少是在計畫中寫好的對白，即使你曾經在腦海裡預演過幾百遍，當真實的情境來的時候，未必能如劇本演出。你會緊張，會心虛，會擔心。反而是在不經意被質問之下而說出的謊言，最自然、最生動、最順暢。

「你下班後去了哪裡？」對方問。

「沒去哪裡啊，在公司樓下的賣場逛了幾圈，看看有沒有什麼新東西。」你回答。

其實你沒去賣場，只是你今天的心情有點低落，不想在尖峰時間搭公車人擠人，所以刻意避開人潮，獨自一人去喝了杯咖啡。但沒想到對方會有此一問，更意外自己會這樣脫口而出。你並不想騙他，可是就是沒有說出實情。

一般生活瑣事，可能是這樣處理。感情枝節的問題，更是防不勝防。

「你的前任情人還有跟你聯絡嗎？」對方問。

「沒有，我對他死心了。」你回答。

其實前任情人幾乎每天打電話給你，問你有沒有機會復合。要不然就是頻繁地透過手機上的通訊軟體，提醒你天氣晴雨，問你吃飽沒有。

或許，你確實對他死心了；但很顯然地，他沒有對你死心。

而這件事情，當然不好對現任情人講明。雖然你也想過，若以自首方式輸誠，看能否獲得減刑，贏得他的信任；但是，不需要太認真評估，你心中已經有答案：還是瞞著他，比較不會惹出自己都無法預料的禍端。

大家都說，這是情人之間必要的、善意的謊言。對心愛的人說出善意的謊言，是否違背道德呢？要看你說謊的動機，是怕真相會傷害到他，或是為了保護自己。前者，情有可原；後者，只是自私。

但其實兩者之間，並不涇渭分明。

幾乎每句善意的謊言，都遊走在道德的邊緣。既不想傷害對方，也想要保護自己。我們唯一能祈求的，就是兩人之間這樣的謊言不要太多，被拆穿的次數也微乎其微，那就夠幸運的了。

但若要真誠地建立良好的信任關係，就應該盡量避免說謊。愛情裡的互動，是人際關係的縮影，也最能考驗一個人的自信程度。長期說謊，是自己逃避退縮的表現，缺乏面對真實狀況的勇氣。

阿德勒
勇氣心理學的古典教導

最重要的不是有什麼，
而是你要如何運用它！
面對困境的時候，
或許無法改變困境，
但可以改變自己對困境的看法。
光是接納自己還不夠，
必須能夠信任對方。

吳若權
給現代男女的溫柔提醒

寧願相信對方的謊言，
甚至絕口不提
手中有多少可以拆穿騙局的證據。
在世俗的眼光，看似很愚昧的做法；
在愛情的心底，卻是最高貴的行為。

寧願相信對方的謊言，只是為了讓自己好過一點而已。

你發現他的手機常關靜音，你從他眼底看出他在讀曖昧短訊，還明顯看到他讀完後立刻刪除……你回想起幾乎所有的兩性專家都說過一樣的結論——這樣的舉止太可疑，是劈腿的高度警訊。你觀察一段時間後，終於出手印證。

該算他老實，或良心未泯？他承認一半，但沒有全盤托出。他說，對方是沒有見過面的網友，只透過通訊軟體聊過幾次，從此對他糾纏不清。他說他已經冷處理，慢慢在擺脫對方。因為不知道對方是不是個性激烈的人，無法預測會不會採取極端的手段，所以沒有當機立斷，造成你誤以為他們藕斷絲連。

說到最後，彷彿還是你的錯。你承認自己敏感多疑，沒有包容第三者的大器。他說他會就此疏離對方，不會讓你再難過。

朋友都說，他騙你。好友甚至神通廣大地從別的管道，輾轉取得他們的通訊畫面。明知這樣做違法，還是鋌而走險，只是想要幫助你認清真相。你看到手機擷取畫面的圖案，他和對方玩親親。你差點暈厥過去，卻故作鎮靜。你認為他只是在應付對方而已，你寧願選擇相信他的謊言，只因為：你，還想跟他再繼續在一起。

寧願相信對方的謊言，甚至絕口不提手中有多少可以拆穿騙局的證據。在世俗的眼光，看似很愚昧的做法；在愛情的心底，卻是最高貴的行為。

只要你還愛著對方，想要繼續走下去，就要選擇相信對方的謊言。欺騙自己，也瞞過對方。接著，無論這個傷口再痛，都要學會淡淡抹去，絕對不能舊事重提。這是你的成熟，也是你的魅力。

或許，真正的現實是：寧願相信對方的謊言，只是為了讓自己好過一點而已。

名人的情感日常練習：

愛情裡面要是攙雜了和它本身無關的算計，那就不是真的愛情。

十七世紀英國劇作家
莎士比亞（William Shakespeare）

至於你這樣通曉大義，愛對方愛到這樣徹底，是否就能力挽狂瀾，挽回你最在意的這段愛情呢？

關鍵其實並不在你手上，也不在於對方是否真心想跟你在一起，而是要看對方是否足夠愛你，愛到他可以只要你，不需要別的仰慕者、追求者、第三者……

堅持知足常樂，或許只是像你這樣的人對感情的態度。有些人的愛，是很貪婪的。既要一段穩定的感情，也要一些花花草草的東西，不然就活不下去。

你說，這樣對你很不公平！

是啊，但愛情的世界裡，從來就沒有公平過。你能心無旁騖地全心全意愛一個人，這份專注已經是上天給你的獎賞，別試圖從對方的回饋中，尋找公平的定義。對方若能悔改，專一對待，你等同於已經中樂透。

若他積習不悔改，你還繼續愛著，真正的大說謊家，就是你自己。因為，你寧願相信自己的謊言。如果你還要這樣繼續愛下去，就別拆穿這一切吧，讓你盲目的愛情，繼續高貴下去。

直到有一天，你愛對方愛到山窮水盡，很可能會有三個結果：

1.你偉大的愛情終於感動了對方，讓他改變習性，開始忠於你們的關係；

2.你累到精疲力竭，還是無法得到他的公平對待，決定放手離開；

3.你耗盡一切之後，也習慣這一切，雖是走投無路，卻也適應痛苦的舒適圈，繼續留在原地。

不論結果是哪一個，這段感情終究會讓你明白：愛是什麼？最真實不虛的答案，也只有你自己最明白。

阿德勒
勇氣心理學的
古典教導

法國人說：人類是動物中，
唯一能在不餓時進食、
不渴時喝水，而且隨時都能愛。
因此，所有的欲望和興趣，
都必須控制與調和，
卻也不能過度壓抑。

吳若權
給現代男女的
溫柔提醒

那些因為過於了解對方，
彼此無話不談到連最醜陋的話都毫無遮掩，
而必須獨守空閨的女人，
成為最寂寞的靈魂伴侶。
她只能跟他談心，無法再有體溫。

真正的靈魂伴侶，是語言與身體都能相容的親密。

剛從感情路上啟程的時候，尋找靈魂伴侶很可能是一個崇高的目標。每個人都渴望有個可以談天、很有默契、彼此心意相通的對象。

幸運的話，終於找到了；遺憾的話，不停尋尋覓覓。

但是，有比這些情況糟糕千萬倍的結果，就是相愛過後，彼此成為對方最純粹的靈魂伴侶。你那麼懂他，他那麼懂你，可是你們就是因為太了解對方，進而失去肉體上親密的動力。

雖然未必要像熱戀時期或初婚蜜月那般的熱烈或頻繁，但至少偶有肢體的親密，哪怕只是親吻與擁抱的纏綿，也都是另一種沉穩的激情。如果連眼神裡的火花都漸漸熄滅，就只剩下日常生活了。

你們愈來愈像是一對老朋友，但也僅止於是老朋友。

很多男人是這樣的，當他被另一半看透以後，覺得自己的缺點已經表露無遺，就無法再展現雄風了。他只有在不夠認識他本性的女子面前，投入身體與汗水，沒法跟真正心愛的伴侶繼續魚水之歡。

於是那些因為過於了解對方，彼此無話不談到連最醜陋的話都毫無遮掩，而必須獨守空閨的女人，成為最寂寞的靈魂伴侶。她只能跟他談心，無法再有體溫。感情，昇華到這種地步，令她悔不當初。

如果當時可以睜一隻眼、閉一隻眼，在男人面前裝傻，繼續編織著「你好棒喔！」、「我好崇拜你喔！」、「你永遠是我心目中的英雄！」諸如此類的謊言，或許她還有機會小鳥依人地得到他的寵幸。難怪國外的調查顯示，女性曾經在床上偽裝高潮的機率，達到八十五％以上。

有些男人用的理由，令女人啼笑皆非。例如：「妳已經成為我心目中的女神，我無法跟女神做愛。」聽在女人耳裡，真是為之語塞。

她想反駁卻說不出口的是：「你無法跟女神做愛，所以只好去找女婢是嗎？」男人在身體上的自甘墮落，完全是女人無法理解的。女人常想：他究竟是看不起女人，還是看輕自己？

其實男人是好勝的動物，充滿征服的慾望。當他發覺力有未逮的時候，確實是會逃脫的。尤其當他發現，原本擁在懷裡的可愛小白兔，其實是一隻很有主見的母老虎，跑得比誰都快。

這是女人騙了男人，還是男人騙了自己呢？

答案或許各有見解，但別忘了，真正的靈魂伴侶，是語言與身體都能相容的親密。所謂的誠實，並非放任自己把壞話說盡、醜態畢露，血淋淋地傷害彼此的關係；而是懂得善用「換位思考」，在暢所欲言之前，替對方保留一點尊嚴，也讓自己想要的愛多一點活存的空間。

阿德勒
勇氣心理學的
古典教導

百分之百完美的人，
並不存在於這個世界。
比追求完美更重要的是：
「接納自我」，
擁有「認同不完美」的勇氣！
要能認同並且喜歡
有缺點的、真正的自己。

吳若權
給現代男女的
溫柔提醒

在必要時候，為了禮貌而懂得藏拙，
固然是一種修養；
當你的情人毫不矯飾地讓你看到他的缺點，
你要考慮的不只是缺點本身而已，
還要想想他的真誠。

勇於揭露自己的缺點，是一種可以安心去愛的表現。

在初生愛情面前，我們都很難不幼稚。雖然，盡量表現成熟，是雙方對愛情的期待，也因為這個期待，而讓天長地久多些可能；但是，如果個性裡還是保有不成熟的那一面，一旦它在很短的時間就被顯露出來，常被視為是一種缺點。然而，這真的全然是缺點嗎？

相處一段時間之後，愛耍脾氣的、自私的、不顧別人感受的那一方，固然顯得修養比較差，或缺點比較多，但從另一個角度看，有沒有可能是因為他愛得比較真誠？

因為他知道你愛他，你不會輕易離開他，所以他在你面前安心地做自己，讓他的缺點，在你面前一覽無遺。而你因為沒有安全感，怕這段得來不易的感情輕易再度失去，所以你忍氣吞聲，私底下卻覺得自己受盡委屈。這是修養好，還是矯飾呢？

或許，既是修養好，也是矯飾。關鍵在於，你可以忍多久？如果一輩子都能這樣天下太平地幸福下去，那真是修養好；倘若一段時間之後，你終於忍不住大吵，甚至因此鬧分手，那很明顯的，就是矯飾。這時候你才發現自己也有醜陋的一面，想要在心愛的人面前偽裝完美，卻發現自己其實是偽裝不久的。

相較之下，你的修養並沒有好到哪裡去！而且，是有條件地交換。反之，大剌剌地從來不顧形象，動不動就情緒化、鬧脾氣，把缺點表露無遺的那個傢伙，卻在愛情中顯示他真誠的一面。甚至他高估你的愛，以為你會不離不棄，天真的他萬萬沒有想到，其實你是嫌棄在心底，只是用表面的偽善，苦苦地撐在捨不得離開的階段而已。

禮貌與偽善，在生活中本來就不容易分辨。忍不住在電梯裡放屁的傢伙，確實粗魯失禮；但他若毫不掩藏地一臉尷尬走出去，即使沒有道歉的言語，還算是個直率的人，比起偷偷放屁後，還故意掩鼻裝作滿臉狐疑的人來說，他的品格有稍好一些。

沒有人是完美的，在必要時候，為了禮貌而懂得藏拙，固然是一種修養；但是，當你的情人毫不矯飾地讓你看到他的缺點，你要考慮的不只是缺點本身而已，還要想想他的真誠。

如果你一點都不在乎他的真誠，只介意他的缺點，因此而完全鄙視他，甚至覺得他配不上你；很顯然地，你愛自己多過於愛他。

08

嫉妒的時刻

為什麼愛情裡常常充滿嫉妒？
像帶刺的玫瑰花莖，鑽入你的心，讓人又痛又怒又怕。
吃對方前任情人的醋，是你對自身價值的懷疑；
對他沒有讓你參與的人生感到嫉妒，可能是控制欲在作祟。
抽離嫉妒的情緒，是愛的重要練習題之一。

阿德勒
勇氣心理學的
古典教導

只要有心追求權力與控制權，
就有可能出現妒羨；
若把目標訂得太高而無法實現，
就會出現自卑情結。
自卑會形成壓力，
對言行舉止、生命態度影響很大。

吳若權
給現代男女的
溫柔提醒

嫉妒，是沒有用的。
吃前任情人的醋，真的很無聊。
你要珍惜自己，但也不要變得多疑。
就算你在他眼中，你跟他的前任情人很像，
你也要表現自己獨特的風格。

確立自己獨特的風格與價值，才不會一直吃對方前任情人的醋。

愛情常被比喻為美食，所以有「天菜」之說。如果你的情人對你說：「你是我的天菜。」你的內心應該會浮現一種「與有榮焉」的開心。倘若是情人的朋友偷偷私下透露：「你是他的天菜！」你更加有一種「士氣大振」的信心。

你是他的「天菜」，不只表示你是他非常喜歡的類型；同樣地，也說明他所喜歡的類型是有特定的風格或質感。基本上，這些資訊都是加分的。有時候，你可能會碰上另一種人，他喜歡的對象，並沒有特定的形貌或個性，一切都是憑感覺，你反而可能會更困擾。

如果他喜歡的對象、所愛的類型都是很固定的，例如，一直以來他就是喜歡外型是高的、瘦的、短髮的，內在是安靜的、喜歡閱讀的、浪漫的，而你的條件一一符合，你是他的天菜，無誤。

但這很可能衍伸出另一個問題。某天你和他約會，在路上巧遇一位他久已不見的好友，對方完全沒有意識到他已經換了新女友，甚至還多事地補上一槍：「交往這麼久，感情很穩定了喔，該早點結婚啦。」

而你們其實才交往不到兩個月，更殘酷的是，他和前任分手也不到半年……這語驚四座的一句話，絕對令在場所有人都相當尷尬，頓時臉上出現無以細數的斜線。

終於你發現一個事實，你在無意之間，竟成為他前任的「愛情接班人」。他結束了多年的戀情，還處於心碎的療傷期，所有的創痕都尚未痊癒，就找到一個可以讓他重新燃起希望的對象——那個人，就是你。

你開始變得沒有安全感，甚至內心充滿嫉妒。你心知肚明：就算是天菜，沒有吃不膩的。就算他說，你比他的前任好太多、年輕太多、懂事太多，你還是不免懷疑：他是你的全部，而你只是他過去那一段感情的替代。

你必須要學會的人生智慧是：嫉妒，是沒有用的。吃對方前任情人的醋，真的很無聊。你要珍惜自己，但也不要變得多疑。就算你在他眼中，你跟他的前任情人很像，你也要表現自己獨特的風格。

確立自己獨特的風格與價值，才不會一直吃對方前任情人的醋。

但是，可以提醒自己的是：不要在對方失戀未滿半年的期間，就承諾要跟他走下去。最好等他把過去的感情和創傷都處理好了，再跟你好好在一起。

阿德勒
勇氣心理學的
古典教導

小時候養成的習慣與行為，
即使成年後也很難加以改變。
就算長大之後面臨了不同環境、
改變了生活環境或生活態度，
也很少有人能改變
自小即養成的行為模式。

吳若權
給現代男女的
溫柔提醒

無論你們此刻多麼相愛，
時間都不會靜止在這裡，
現在也只是稍縱即逝的當下。
傾聽情人，並非只是了解他的過去而已，
更多的時候，是覺察自己在這段
關係裡的渴望。

你必須理解並包容過去的他，才能好好愛著他的現在與未來。

熱戀的時候，你以為懷中所擁抱的，只是一個全世界唯一的他，而且希望時間可以永遠靜止在這裡，讓幸福瞬間凍結於此刻。其實，這是一種錯覺。而且，你愈早發現真相不是這樣的，兩個人反而更有機會走得更遠、更久。

你懷抱中的他，是由過去很多不同時期的他所組合而成的。固然，你要愛在當下，體驗並珍惜此刻最美最真的時光；但是，如果你願意對他的過去有多一點了解，當下所有的包容與接納將更有力量。

所謂的「我不計較你的過去」，並非蒙著眼睛、摀住耳朵，不看、不聽，而是願意陪著對方經歷往事的風景，傾聽對方過去曾有的心情，深刻地體會、設身處地去理解，徹底放下所有的猜疑與嫉妒，才能夠算是真正的接納。你必須理解並包容過去的他，才能好好愛著他的現在與未來。

我看過許多情侶，嘴裡說不在意對方的過去，心裡其實害怕得很，既好奇、又擔心，尤其對於他交往過幾個對象、發展到什麼程度，非常敏感。對方如果夠聰明，會恰如其分地講出適當的答案，算是對彼此都有交代。但是，答案中的戀愛次數、交往程度，未必是事實。

而所有的情侶，幾乎也都忽略對方的口述歷史中，除了感情之外的其他部分。比他戀愛過幾次、交往到什麼程度，還更重要的是：他的童年、他的好友、他的成長、他的挫折，他的努力、他的失意……

尤其是一個人童年的成長經驗，攸關他長大成人之後的情感態度，雖然不能當作突破障礙的藉口，卻是在療癒創傷時有跡可循的參考線索。

聽完他的口述歷史，回來問問自己：「關於相遇之前的他，我印象最深的部分是什麼？」這個答案會在某種程度反映出，你在這段關係裡最想要扮演的角色。

這是我的一位好友提供的趣味心理測驗：「請用三十秒，回答就目前所知，在你們相遇之前，他發生過的事情？」

舉例來說，如果你的答案是：「他曾經騎車受過傷。」意味著你很想保護他，在這段關係裡，你扮演的角色是「療癒者」。如果你的答案是：「他每天都對著天空發呆。」表示你很渴望陪伴他。

無論你們此刻多麼相愛，時間都不會靜止在這裡，從過去到未來，現在也只是稍縱即逝的當下。傾聽情人的口述歷史，並非只是了解他的過去而已，更多的時候，是覺察自己在這段關係裡的渴望。

熱戀的時候，我們總想著：可以多給對方些什麼？這個念頭裡，其實也隱藏著自己所期望扮演的角色，以及你希望被對待的方式。

阿德勒
勇氣心理學的
古典教導

有些人的控制欲十分強，
強到想要掌控所有人，
其中的關鍵因素就是，
他是為了滿足個人的虛榮心，
用自己的焦慮，
來強化對別人的控制。

吳若權
給現代男女的
溫柔提醒

剖析清楚嫉妒情緒，
有助於了解愛的本質，其實是放手與成全。
必須學會理性地克制嫉妒的情緒，
才能擺脫以愛為名，所行使的控制欲。

放棄以愛為名控制對方，才能有效克制嫉妒的情緒。

她在咖啡館等男友赴約，他竟透過手機傳來訊息，說還要延遲四十分鐘，因為球賽延長，請她多等一會兒。

雜誌在她手上翻閱，眼淚卻不聽使喚地掉下來。換做是別人來看這件事，必然覺得她小題大作。男友是因為看現場球賽，時間無法拿捏好，又不是去做什麼不正當的事情。而且，他已經及時告知，她有什麼好生氣、甚至傷心呢？

對她而言，卻不是這樣的。回想起來，只有剛熱戀的那三個月，她享受過「第一優先」的特權，之後她的順位就漸漸被擺到後面。而今，是連觀賞一場球賽轉播，都比跟她約會重要了。

她覺得自己徹頭徹尾地輸了。一個鮮活的美女，輸給一場棒球轉播。

但是，男友並不是這樣想的。他認為，球賽是瞬間播完就看不到，女友卻是一輩子都還會相見。所以，雙方就因為對於「珍惜」的定義不同，而產生「在不在意」的誤解。

「我之所以會傷心，是因為我還在意你！」這句話多麼熟悉，聽起來多麼有道理。但若不深刻反省，一再以愛為名，追殺對方的表現不如你意，將來就不會只是你自己傷心而已，很可能會傷害到彼此，甚至毀滅了這段感情。

或者，試著更一針見血地重新翻譯這句話。「我之所以會傷心，是因為我還在意你！」的本意，其實是：「我之所以會傷心，是因為你沒有像我在意你這樣的在意我！」

猶如親子教養過程中，常被大人理所當然地拿來當作擋箭牌的這一句話：「愛之深，責之切！」是一樣的道理。

名人的情感日常練習：

二十幾歲的愛情是幻想，三十幾歲的愛情是輕佻，人到了四十歲時才明白，原來真正的愛是柏拉圖式的愛情。

十九世紀德國劇作家、詩人
歌德（Johann Wolfgang von Goethe）

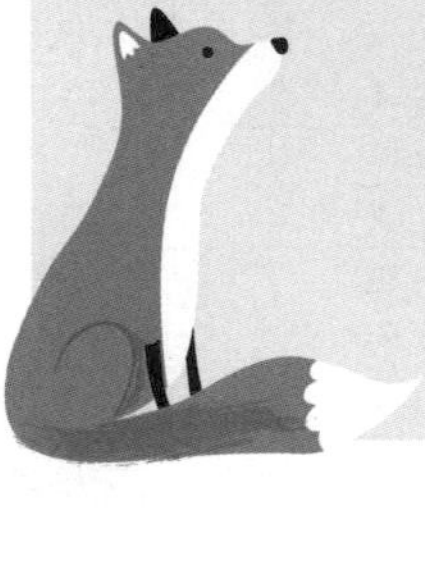

明明很愛一個人，卻還是會對他生氣，表面上解釋為：那是因為有所期待，才會有的情緒。困難的是，若是抽離情緒，提醒自己不要對他生氣，久而久之，很可能因為一再失望，而把自己訓練得變成冷漠或疲乏，可能情感都失去。

愛對方，不就是希望他可以幸福快樂嗎？如果他的幸福快樂，不是因為你，你可以容許嗎？或是，只要他活出未能如你所願的幸福快樂，你就會有挫折感，覺得他不應該，也不可以！

剖析清楚嫉妒情緒，有助於了解愛的本質，其實是放手與成全。必須學會理性地克制嫉妒的情緒，才能擺脫以愛為名，所行使的控制欲。甚至，更進化一些，先放棄以愛為名控制對方，才能有效克制嫉妒的情緒。

愛的練習題之一，是如何抽離嫉妒的情緒，而不失情感的甜蜜。

無論你面臨的競爭，是一場球賽、一個前女友（前男友），或一個惡婆婆（剝奪你們相處時間的親戚），面對彼此之間的資源衝突時，若覺察是一種嫉妒對方比自己更享受的內在惡魔，就必須要提醒自己：立刻刪除掉生氣、失望的負面情緒，善用比小情小愛更慈悲的層次，去體會對方的需要。

唯有放下自我為中心的執念，以長久希望對方好的情感，來戰勝短暫的嫉妒情緒，才不會為了這一時之間消化不掉的嫉妒情緒，而連長遠的珍貴情感都被捨棄。

阿德勒
勇氣心理學的
古典教導

訂定規矩以便規範他人的行為，
也是善嫉妒的人常見的手段。
他們以「愛」為理由，
強制對方必須怎麼做，
規定他可以看什麼、怎麼思考。
總之，唯一的目的就是：
奪走對方的自由意志。

吳若權
給現代男女的
溫柔提醒

當他不在你的視線之內時，
你無論大小事都容易為他擔心，
就表示你很在乎他的一切。
甚至，你嫉妒他可以自由自在地玩耍，
而你痛恨自己無窮無盡的牽掛。

過度擔心是一種嫉妒的表現，你痛恨他在愛裡比你自由。

他說，他和前任之間沒什麼。可是，你明明看過對方從手機傳來的問候，內容和頻率，都不像是已經沒有任何感情糾纏的朋友。

他說，他們只是見面聊天，不可能多做什麼。他信誓旦旦地說自己不會做對不起你的事情，如果你還要這麼擔心，早知道就不告訴你了。

他說，他只是常常趕時間，才會騎車超速，不是故意違規。而你連續半年，每隔一段時間就會看見桌上那幾張罰單，兩人必須在約會中節衣縮食，才能不靠借貸度日。

他說，他晚上只是心情不好，跟朋友去喝幾杯酒。但是，從夜間十點半失聯後，電話完全沒能打通。隔天清晨八點，他宿醉醒來，主動連絡，明明都是一番好意——你期待他平安沒事，他希望你別當回事。可惜的是，整晚的情緒尚未消化完畢，雙方很有默契地，都把心疼變成彼此的怨怒。

無所不在的擔心和無中生有的擔心，有時候很難分辨。共同的特質卻是：當他不在你的視線之內時，你無論大小事都容易為他擔心，就表示你很在乎他的一切。甚至，你嫉妒他可以自由自在地玩耍，而你痛恨自己無窮無盡的牽掛。

在戀愛中有過上述經驗的人，讀完這些類似的情境，都會觸動心底一塊隱隱作痛的傷痕。原來，擔心比傷心更糟。當你深深愛一個人，卻必須常常替他擔心這、擔心那，彼此之間正因為有愛、有關懷、有在乎，才會時時掛著十五個水桶般。這樣的滋味，比起他實際做出對不起你的事而令你傷心欲絕，還要更糟糕。

若是因為對方的表現不夠成熟，而讓你必須時時替他擔心，無異是一種慢性的凌遲。你愛著還深深愛的他，所以你的情緒總是被他牽動。你離不開他，但你並不快樂。只要他不改善、你不放手，你的不快樂會一直持續下去。

如果他常會做出令你傷心的事，你頂多生氣幾次，之後對他徹底絕望，過沒多久之後，就會讓自己清醒地決定離開，結束這一切。

所以，很顯然地，擔心比傷心更糟。一個真心愛你的人，不該讓你一直替他擔心，更不該令你傷心。他明明知道你會擔心，還常常去做會讓你擔心的事情，我只能說他比較愛自己，比較不在乎你。你若願意在愛情中自苦，繼續守著這段感情，注定是不幸福的。更糟糕的是，你會漸漸習慣這種擔心，把擔心當作是愛的一部分。彷彿你不擔心，就不愛了。

過度擔心是一種嫉妒的表現，你痛恨他在愛裡比你自由。

不斷地擔心，顯化了你對這段感情的不安，你對他沒有讓你參與的人生感到嫉妒，讓你對他充滿控制欲，因此扭曲愛的本質。他繼續我行我素，你依然含辛茹苦。直到有一天，你疲憊了，像一條沒有彈性的橡皮筋，愛情終於在彼此都徹底失去改善的活力之後，完全地凋零。

09

爭執的時刻

無論多麼如膠似漆的感情，還是會有擦槍走火的時候。
彼此相愛，維持熱戀期的甜言蜜語，固然加分；
但是，學習建立處理爭吵的模式，以及善後的方法，也很重要。
當僵持在沒有任何一方願意妥協的場面時，
請想想，為什麼失去了重新再疼愛對方一次的意願或能力？

阿德勒
勇氣心理學的
古典教導

沒有人會處於卑下的地位
還能感到心情愉快，
夫妻之間的關係必須平等，
只有在這種氣氛下，
才可能團結力量，
進而克服種種困難。

吳若權
給現代男女的
溫柔提醒

有建設性的爭吵，
是兩人相處時可以學習的溝通方式。
只要過程中沒有人身攻擊，
吵完之後更知道彼此想要的對待方式，
而且不再為同樣的問題爭吵，就很值得。

爭吵時不出惡言批評對方，才不會留下傷害自尊的疤痕。

每一段戀愛剛開始的熱戀期，幾乎都非常唯美。彼此小心翼翼地呵護著這段感情，即使明知它浪漫得不切實際，也希望它永遠不會墜入凡塵。但難以避免的是，無論多麼如膠似漆的感情，還是會有擦槍走火的時候。你記得熱戀期間的第一次爭吵，是怎樣的情況嗎？

這個問題的答案，其實跟年齡無關。

別說你過了三十歲，怎會記得十八歲的那場初戀，為什麼事情鬧不愉快？無論年紀多大，距離某段戀情多遠，很多情人對交往期間的很多次吵架，事後都忘得一乾二淨，究竟當時為什麼吵架、怎麼會那麼生氣，早已都不復記憶。

可是，想起剛開始熱戀時，碰到的第一次吵架，因為患得患失而驚恐的心情，只要還在乎著這段感情，就難免心有餘悸。

對方在你眼中，本來是柔弱的小綿羊，發起脾氣來卻像是個暴君；或是你本來還算是講理的人，盛怒之下失去控制力，跟對方「盧」得不像話，甚至連很多難聽的話都說出口。

是啊，事情已經這樣脫序地發生，熱戀首發大爭吵，甜美的戀情因此有了一道破裂的刮痕。你以為兩人之間的感覺，已經開始毀壞，並非像剛認識的時候，那樣地完美無缺。你會感到驚恐、遺憾，甚至不知所措。

直到你聽見很多過來人的經驗說：「吃燒餅，沒有不掉芝麻的！」感情再好的神仙伴侶，總也會有吵架鬥嘴的時候。如果來不及學習如何不爭吵，至少可以學習如何在第一次爭吵之後，能夠善了。

兩人不妨心平氣和地回到爭吵的起點，面對過程中的衝突原因，但不要落入言語的細節，多聽聽對方想表達的立場，同理他的感覺。然後適度地道歉，釋懷之後就不要再翻舊帳。

有建設性的爭吵，是兩人相處時可以學習的溝通方式。只要過程中沒有人身攻擊，吵完之後更知道彼此想要的對待方式，而且不再為同樣的問題爭吵，就很值得。

爭吵時不出惡言批評對方，才不會留下傷害自尊的疤痕。

彼此相愛，維持熱戀期的甜言蜜語，固然很加分；但是，學習建立處理爭吵的模式，以及善後的方法，也很重要。讓美麗的許諾，永遠存在著浪漫燦爛的火花，而不是毀滅於怒氣沖沖的火大。

阿德勒
勇氣心理學的
古典教導

過去的創傷，
不能決定未來的生活。
我們所有的行為，
全是自我意志選擇的結果。
每個人都是根據自己賦予
過去經驗的意義，
才決定了未來的發展。

吳若權
給現代男女的
溫柔提醒

在感情路上，
無論各自心頭累積多少無形的傷，
不碰、不痛，並不代表沒事了。
或許，彼此都需要一段時間靜養、療癒，
但不能逃避去面對及處理。

過去的創痛，未必是感情的養分，要看你如何解釋並賦予意義。

很少人的愛情能夠一路風和日麗，如果走過風風雨雨，還能繼續在一起，通常只有兩種可能：學習徹底放下，或是刻意忽略。前者，盡釋前嫌，是很高的境界；後者，避而不談，容易變得冷漠。

有過類似經驗的朋友，小心翼翼地回溯往事。

她說，當初決定復合時，雙方就協議過：絕對不再重提往事。他尤其強調：不能翻舊帳。

為了繼續兩個人的情分，為了顧及他的尊嚴，她同意了。但似乎兩個人的關係，很難回到從前。正因為彼此內心都帶著不願回顧、也不肯碰觸的傷，互動時的態度很謹慎，關係反而就疏離。

這段分享，讓我想起幾天前另一個同事的經驗。他騎車摔傷，膝蓋部位的皮肉破了一個大洞。儘管已經每天擦藥膏，但因為傷口的位置正好在膝蓋彎曲的地方，隨時都會拉到皮膚，很不容易復原。

另一個傷口不易癒合的原因是：女友睡覺時，習慣把腳勾在他腿上，而且已經變成無意識的動作，幾乎每個晚上都會碰到他的傷口，讓他在半夜痛得醒來大叫。雖然傷口很痛，他還是很愛女友，容許她無意識地把腳繼續勾在他的腿上。對他來說，再痛都是愛。

用這個例子延伸去看其他伴侶，在感情路上，無論各自心頭累積多少無形的傷，不碰、不痛，並不代表沒事了。或許，彼此都需要一段時間靜養、療癒，但不能逃避去面對及處理。

有些男人在犯錯之後，還要特別強調對自尊的渴求，一旦女伴提起往事，就惱羞成怒、大發雷霆，還罵她愛翻舊帳。這就表示他自己都沒有放下，怎能要求對方放下？

若是真心感謝對方願意原諒，最好的方式，並非絕對禁止對方重提往事，或要求自己避而不談；而是心念著這份體貼與好意，化為改進自己的力量，才能避免再犯相同的錯，讓傷口可以結痂脫落而真正復原。

過去遭遇的創痛，未必是感情的養分，要看你如何解釋並賦予意義。

當彼此決心要好好對待，即使面對感情的舊傷疤，再痛都還是愛。有句話說得好：「真正的放下，是不介意再度提起。」兩人走過風雨，必須是如此這般地釋懷，風雨後的陽光才會真正美麗。

阿德勒
勇氣心理學的
古典教導

兩人之間的問題有特定的架構。
要徹底解決問題，
兩個人必須拋下自我，
願意為對方奉獻。
若要以處理一個人問題的方式，
去解決兩個人的問題，
是不會成功的。

吳若權
給現代男女的
溫柔提醒

寬恕，是認為對方有錯；
包容，是允許他做自己。
面對愛情裡的種種失望的情緒，
這是一個很值得練習的課題——
不必寬恕，只要包容。

放下單向的指責，才能擁有雙方的共好。

當情人的表現讓你失望，而你又很希望跟對方繼續在一起，該怎麼處理？很多人的第一個反應是，千方百計地明示暗示，希望對方可以改進。只要他願意承諾改進，就可以原諒，然後假裝沒事，繼續愛下去。

天不從人願的是，以上互動模式，很少成功。

你未必會把自己失望的情緒，表達得恰到好處。在過猶不及中，不是傷了對方，就是傷了自己。你所失望的，是對方表現不如你的預期；但在對方的感覺裡，你是在對他的缺點做出無情的挑剔。

例如，他工作忙碌常忘了時間，和你約會時經常遲到，甚至看電影時還分心去看手機，就怕漏掉工作上的訊息。你有你必須的介意；他有他的不得已。你不把話說清楚，對不起自己；把話說得太清楚，對方覺得你小器。

我們都很少有機會碰到「知錯能改，善莫大焉」的情人，你輕輕點一下他的問題，他就很當一回事地道歉、認錯，保證以後絕對不會再發生。如果有幸如此，並非他真的覺得自己有錯到這個程度，而是他真的很愛你。為了讓你放心，你要他做什麼改進，他都願意。

經過幾段感情，逃不過對愛失望的情緒，分手過幾次之後，我們慢慢學會：與其千方百計想改變對方，不如先改變自己。但是，這個道理，從「知道」到「做到」，又是遍體鱗傷的經歷。

其中最難的一點，在於我們對愛情失望的時候，往往是基於「對方有錯」的前提，如果要繼續愛下去，就要想辦法去寬恕對方。

然而，寬恕並不容易。若要剷除寬恕的門檻，必須回來重新設定「對方有錯」的前提，以中立的想法給出一個全新的定義：「對方可能沒有錯，他只是做自己！」我們的包容度將在這裡開展。容許彼此做自己，才能繼續愛下去。

面對愛情裡的種種不滿意或不完美，唯有先願意放下單向的指責，才能擁有雙方的共好。

寬恕，是認為對方有錯；包容，是允許他做自己。面對愛情裡的種種失望的情緒，這是一個很值得練習的課題——不必寬恕，只要包容。你包容他；他包容你。你們的愛，將更寬闊、更長久。

阿德勒
勇氣心理學的
古典教導

具備良好社會適應能力的人，
喜歡互動分享，保持和諧關係。
願意尊重對方，
也樂於幫助別人。
既能同理別人的立場與感受，
也有接受自己不完美的勇氣。

吳若權
給現代男女的
溫柔提醒

當我們僵持在沒有任何一方
願意妥協的場面時，可曾想過：
彼此為什麼失去了疼愛對方的意願或能力？
是因為不想慣壞對方，還是愛得不夠深？

面對相處時彼此的困境，只有愛與勇氣可以化解僵局。

週末的傍晚，在住家附近高中校園的操場慢跑，聽見幾個學校籃球校隊男同學的嬉鬧。

不知道是為了請客喝飲料，還是哪個傢伙要負責收球衣去清洗，居然很大聲地宣告他們解決事情的方式：「猜拳決定誰先脫？」音量大到連經過他們身邊的熟女，都好奇地回頭看了這幾個體格精壯的男學生，誰會先出糗？

跑到滿身是汗的我，不免為之莞爾。什麼時候開始，我們已經完全離開那個簡單純真的階段，無論碰到哪些難以處理的事情，或沒法決定優先順序，或陷入僵局的困境，只要猜拳就可以決定。各自伸出五根手指頭，隨便比畫一個剪刀、石頭、布的動作，很乾脆地、不拖泥帶水地，而且絕對心悅誠服地妥協，一笑泯恩仇。

在辦公室向主管爭取加薪或升遷，發現情人形跡可疑而要對方招供，夫妻碰到該先買車或房子的抉擇時，誰會先讓步？難道可以猜拳就決定一切？

分享給不同的朋友，回應卻都很近似，他們說：「我也想要這樣啊！」「要是真的可以這麼簡單就好了！」「都是對方太刁鑽，我才被困住！」

當我們不願意改變的時候，總有很多理由讓彼此陷入更深的僵局。面對相處時彼此的困境，只有愛與勇氣可以化解僵局。

另一個假日的傍晚，我在河堤慢跑，看見一個年輕的爸爸，帶著女兒出來玩。父女倆正盡情享受著令人稱羨的天倫之樂，無論女兒在追逐、遊戲，或學騎幼兒三輪車，年輕爸爸手上的 DV 錄影機始終沒停止操作過。

回程的時候，甜蜜時光結束，兩人竟為了該怎麼回家而陷入僵局。

名人的情感日常練習：

如果一個人沒有能力幫助他所愛的人，最好不要隨便談什麼愛與不愛。當然，幫助不等於愛情，但愛情不能不包括幫助。

二十世紀中國作家
魯迅

年輕的爸爸堅持：「妳要自己走路！」

女兒賴皮：「我要你抱我。」

年輕的爸爸開出第二個條件：「不行。我給妳兩個選擇，第一個是自己走路；第二個是妳坐在三輪車上，我幫妳牽車！」

身為旁觀者，我很想為年輕的爸爸鼓掌：加油！不要過度溺愛小孩，從小就要跟她講道理，堅持下去。

沒想到，父女僵持了十分鐘，女兒流下淚說：「你可以抱我一下嗎？」

年輕的爸爸心軟了，伸手把女兒抱起來，用聽起來不像恐嚇對方，只是安慰自己的口氣說：「只能抱一下喔！等一下妳就要自己走。」

這對父女在各退一步之後，找到彼此相愛的方式。夕陽把他們的背影拉得好長，女兒撒嬌地緊緊抓著年輕爸爸的脖子，直到漫長河堤的轉角，都沒有放下來過。

夜幕低垂，星光升起的路上，我一直想著以下這幾個問題：

當我們在愛情中僵持在沒有任何一方願意妥協的場面時，可曾想過，彼此為什麼失去重新再疼愛對方一次的意願或能力？
是因為不想慣壞對方，還是我們愛得不夠深？
抑或恐懼自己會因愛著對方而失去太多的自己？

阿德勒
勇氣心理學的
古典教導

我們不可能一開始
就完全了解對方，
所以必須積極溝通。
尊重共同的利益，
捨棄主觀的邏輯與成見。
不能只顧全自己的利益，
而想從對方身上佔盡便宜。

吳若權
給現代男女的
溫柔提醒

當你能夠真正地體認到：
誰對誰錯並不重要，只有相愛最重要時，
表示你內在的自信，
已經足夠為雙方的和諧相處，
建造一座彼此能夠安心互動的橋樑。

放下自我主觀的對錯認定，才能走進對方的心裡。

為了某件事情爭吵，搞到兩個人不開心，氣呼呼地冷戰一段或長或短的時間，有沒有可能來一次無厘頭的親密關係，就盡釋前嫌地破冰？

理智上，不可能！但實際上，很多情侶都有這樣的經驗。頂多，有些人還要加上條件說。例如：要看惹我生氣的那件事情是大或小啊；要看我是真的生氣，或只是想考驗他啊；要看他表現得好不好啊……

這些條件說，或許都成立。但伴侶冷戰之後能夠破冰，而盡釋前嫌，最重要的關鍵是：你還愛著他，願意跟他在一起。

當愛還在的時候，親密關係或許還有助於消氣，用熱烈的肢體纏綿，幫助彼此放下原本僵持的對立，融化曾經有過不愉快的情緒。

有個醫生朋友還煞有介事地分析，從腦神經研究的結果引經據典，說瘋狂的親密關係，就像一場激烈的運動，確實有助於啟發彼此的正面思考，排解負面情緒。

美好的性愛，果真如此輕易，可以讓兩人的關係化險為夷？

我想，那是有很多前提的。例如，兩人很相愛，只是小誤會；或是，就像俗話說的：「床頭吵，床尾和！」如果彼此抱持的態度是：這一生，無論怎樣，我就是跟定你一個人，那麼床的這頭到那尾，或許真的只是一場性愛的距離。

但是，如果雙方都不善溝通，每次都靠這招處理負面情緒，未必可以幸福到永遠。親密關係可以讓雙方放下身段，但卻不一定真的可以化解所有的誤會。累積到某種程度，性愛也會有疲乏的時刻。

人會衰老、性會沒力，「愛」才是真正可以讓彼此關係持續的唯一動力。

很多人以為，避免吵架影響感情，最好的方式是：從年輕的時候，就開始培養溝通的技巧，體貼對方的情緒。至少，弄清楚對方為什麼不開心，願意主動道歉，提出彌補的做法，或許不一定能立刻讓他破涕為笑，但可以表達關心與支持的力量，即使再怎麼生氣，愛都沒有真的被放棄，兩顆心就不會遠離。

這種練習固然很有用，但要從生氣到消氣，更重要的原則卻是：放下自以為是的主觀，不再堅持誰對誰錯。

唯有願意放下自我主觀的對錯認定，才能走進對方的心裡。

當你能夠真正地體認到：誰對誰錯並不重要，只有相愛最重要時，表示你內在的自信，已經足以跨越彼此語言與觀念的鴻溝，可以為雙方的和諧相處，建造一座彼此能夠安心互動的橋樑。

10

浪漫的時刻

最令人銷魂的吻，通常不是落在最激情的當下，
而是烙印在最深情的時刻；
浪漫，不只是相遇的唯美，而是日常幸福練習的積累。
懂得說「我愛你！」還不夠，
愛的進階版，是肯定所愛的人，感恩說出：「你愛我！」

阿德勒
勇氣心理學的古典教導

戀愛，是慶典；結婚，是生活。
兩個人決定共同生活在一起，
不會是全然的快樂。
如果彼此都只想被愛，
而不願意為對方付出，
相處就會出現很大的問題。

吳若權
給現代男女的溫柔提醒

無論相遇的剎那，
是久旱逢甘霖般地滿心歡喜，
或柴米油鹽醬醋茶的淡然，
只要其中面對的當時有珍惜，
和事後回想起來有感謝，都很甜蜜浪漫。

相遇，只是開啟一段緣分；相處，才是幸福的日常練習。

古人說：凡事要慎始。

對愛情而言，開始也很重要。除了適當的時間、地點、對象之外，還要有適當的緣分。更重要的是：要有嚴謹的態度。否則，很容易因為一時的意亂情迷，而淪為始亂終棄。

現代男女青年交友管道十分多元，問到：「你們怎麼認識的？」答案可就琳瑯滿目，什麼都有。

傳統印象中，不外乎就是：親友介紹、從前是同學、曾經是同事，要不然就是相親，更古老的還有筆友等。現在的答案常有創新，例如：線上遊戲的網友，從部落格、臉書、交友網站、電視節目上認識等。偶爾，還有更令人瞠目結舌的答案：「我本來是第三者」、「前妻幫我介紹的」、「他是我女兒的老師」、「一夜情」……

最浪漫的相識故事，通常都出現在偶像劇或電影中：搭飛機時一見鍾情；遺失手機被對方撿到；突然的一場大雨，他過來幫我撐傘；路見不平吵了一架，後來卻發現其實是誤會；本來是辦公室宿敵，在一次提案中化解心結；大明星和造型師日久生情；女富商愛上私家司機；男主人愛上女管家……

若再條列下去，不管多浪漫的「遇見」，都會扯成歹戲拖棚的八卦。但這些情節，並非不可能發生在真實的人生。

至於，哪一種相遇的方式或場景，從此開始，就會是幸福的保證呢？

答案是，沒有一定。

相遇，只是開啟一段緣分；相處，才是幸福的日常練習。當事人面對緣分的態度，以及日後的對待，遠比「你們怎麼認識的？」答案，還要重要很多。

無論相遇的剎那，是久旱逢甘霖般地滿心歡喜，或柴米油鹽醬醋茶的淡然，只要其中面對的當時有珍惜，和事後回想起來有感謝，都很甜蜜浪漫。

相對地，當感情死於非命，結束在彼此不愉快的氣氛裡，就很難對這個問題提出幸福的答案。悔不當初的情緒，不但掩蓋了理智，也摧毀了浪漫，只差沒回答：「我忘了。」「我當初眼睛瞎了。」

試著回憶過往：「你們怎麼認識的？」你心中浮現怎樣的答案，就是你對這段感情最後的評價。

阿德勒
勇氣心理學的
古典教導

人與人之間
本來就應該互相幫助，
每個人都必須知道
自己與他人是共同一體的，
所謂的人際關係，
便是如此展開起來的。

吳若權
給現代男女的
溫柔提醒

一直在追求激情的人，
很難有機會體驗到深情的滋味。
只有情深到極致的人，
才能保留激情的悸動。
甚至，在失去以後，才懂得擁有的意義。

在一直追求自己所要的同時，也要知道對方要的是什麼。

熱戀時，刻意深深種在對方頸上的草莓，會是最銷魂的一個吻嗎？未必！那或許是遊戲的成分比較多，或只是宣示愛的主權。

吻的形式有很多種，完全沒碰觸肉體的飛吻、點到為止的親吻、糾纏到無法分開的舌吻，究竟哪一種吻最銷魂呢？

等你真正深深愛過一個人，就會知道：吻的形式並不重要，會令人銷魂的往往是時機。情竇初開的吻，和情到深處的吻，通常都十分銷魂。

男孩苦戀上已經有男友的學姊，苦追兩年多，學姊發現男友背叛而分手，沉靜一段時間後，終於答應他的追求。第一次承諾感情的約會結束後，他送她回家，走到巷口，她主動在他臉頰獻上輕輕的一啄，那個吻讓他銷魂，有如酒醉。

從小到大，應該沒有人正式上過如何親吻的課程，就算有些人在某些書本看過一些技巧的傳授，還是一知半解。體驗過愛情的等待與追逐，才漸漸明白：接吻的技巧固然很關鍵，然而，用心去吻比技巧更重要。

最令人銷魂的吻，通常不是落在翻雲覆雨時最激情的當下，而是烙印在最深情的時刻。我們通常都要到遺失那個吻以後，才發現激情與深情的不同，終於知道自己真正要的是什麼？

一直在追求激情的人，很難有機會體驗到深情的滋味。只有情深到極致的人，才能保留激情的悸動。甚至，在失去以後，才懂得擁有的意義。

朋友的弟弟是個顧家愛妻的好丈夫，他和大學同班同學相戀，二十七歲那年就結婚。三十歲生日那天，騎車在等紅綠燈時，被後方酒駕的汽車撞飛，路人通報警方，立刻送醫急救，昏迷三天後宣告不治。

臨終之前，妻子含著眼淚在他額頭上獻上最後的一吻。當場親友看了非常感動，說這才是最銷魂的一吻，名符其實。

在愛的路上，每個人都在追求自己想要的東西；然而，真正刻骨銘心的，卻是你給對方留下什麼。貢獻自己，利益對方，只不過是我們在愛情的世界裡，對生命意義的小小練習。

在一直追求自己所要的同時，也要知道對方要的是什麼。然而，這也只是情感的日常練習之一。若站在人生的制高點，所謂的付出，不應該只侷限於對自己喜歡的人付出，還必須將大愛擴展到社會人群。阿德勒主張「利他」的人生哲學，他認為對別人付出，是必須從家庭、社會到全人類，做出具體的貢獻，生命才有深刻的意義。

阿德勒
勇氣心理學的
古典教導

當你的愛情既親密、又契合，
你喜歡你的工作，
擁有知己朋友，
並且能夠對別人有所貢獻，
這樣的人生就充滿創造性，
同時也擁有面對所有問題的勇氣！

吳若權
給現代男女的
溫柔提醒

當真愛來臨時，所謂的「貪生怕死」，
並非只是擔心失去的恐懼，
而是萬般慶幸的珍惜。
這時候的「貪生怕死」，
已經不是為自己而活，而是為愛而生。

為了愛而好好活著，就是有價值的人生。

出自《詩經》〈邶風．擊鼓篇〉裡的這句：「死生契闊，與子成說；執子之手，與子偕老。」是很多戀人或伴侶對愛情最終的期待。

面對愛情，談到生死，幸福往往也在一念之間。

有位輕熟女，她記得剛滿三十歲那年生日，經歷過幾段令她感到「痛不欲生」的感情後，自認對戀愛已經不抱期待。她努力於工作及理財，以預立遺囑的語氣跟家人交代，這一生該看的、該吃的、該玩的，都已心滿意足，就算哪天遭遇不測，也不必為她傷懷。

她還特別強調，提早跟家人說出這個想法，並非悲觀，而是豁達。講得再明白一點，她從來沒有尋短的念頭，但若人生只能走到這裡，無法多活一天，也沒有遺憾。

幾年之後，她在網路上很意外地碰到真命天子，兩人契合的程度，只能用「天賜良緣」來形容。才認識一個月，見過兩次面，彼此的感覺同樣都是：「我認定，就是你了！」來不及跟親友分享這件顯然會令他們感到不可思議的喜訊，便很快地私訂終身。

以最幸福的姿勢，窩在他的懷裡，她感慨萬千地說：「愛，令人貪生怕死！」他愛憐地用吻封住她的嘴：「小傻瓜，別亂說話，妳還要陪我很久呢！」

愛，曾經讓她痛不欲生；現在令她貪生怕死。關鍵的差別在於，她遇到對的人。過去，沒有遇到對的人，嘗過「痛不欲生」的滋味；而今真命天子出現，才知道「貪生怕死」有多麼可貴。

當真愛來臨時，所謂的「貪生怕死」，並非只是擔心失去的恐懼，而是萬般慶幸的珍惜。這時候的「貪生怕死」，已經不是為自己而活，而是為愛而生。真心願意盡力多活一天的精采，以成就彼此多一天的幸福。

為了愛而好好活著，就是有價值的人生。既是為自己的生命負責，也是為了所愛的人負責。

對於曾經失去很多愛的人來說，願意重新為愛多活一天，是一種別人不會懂得的豁達。除非，你也這樣愛過。

阿德勒
勇氣心理學的
古典教導

兩個人決定相愛，
就要有共同體感覺的訓練。
彼此關係對等，
願意為雙方的幸福而共同努力，
不能等著坐享其成，
也不是以單向付出，
來交換對方的肯定。

吳若權
給現代男女的
溫柔提醒

在盡全心付出地愛對方以後，
還願意承認：「你愛我比我愛你更多！」
已經遠遠超乎愛的軍備競賽了，
而是一種欣喜接納，臣服享受。

接納並肯定對方的付出，讓彼此的愛對等，是更有自信的表現。

這幾年來，我對愛有更深一層的領悟。

有人覺得說「我愛你！」並非容易的事，甚至因為害羞而遲遲說不出口。然而，在自認為已經很懂愛的很多年以後，我才發現，願意說出：「你愛我！」竟是更深層的一種愛的表達。

甚至，在盡全心付出地愛對方以後，還願意承認：「你愛我比我愛你更多！」已經遠遠超乎愛的軍備競賽了，而是一種欣喜接納，臣服享受。

有些人從不吝於說出：「我愛你！」或許這輩子已經說過無數次的「我愛

你！」。但是當我很認真地問：「你曾經當著對方的面前，以肯定與感恩的心情說過『你愛我！』嗎？」

百分之九十五以上的答案，都是心虛地搖搖頭回答：「沒有耶。」

其中有些人頗疑惑地問：「這很重要嗎？為什麼要肯定地跟對方說『你愛我！』呢？」

另一些人恍然大悟：「對喔，我的確應該要跟他說『你愛我！』。」

或許，我們都曾經害羞地，或大方地向對方說：「我愛你！」充其量，那只是一種愛的宣示與表白。我們急著告訴對方：「我愛你！」獻出我的承諾，表示我很盡力。但是，當我們聽對方說：「我愛你！」卻總是理所當然地接受，從來沒有認真地給予進一步的肯定。

試著在對方講出「我愛你！」之後，接著以肯定與感恩的口氣說：「你愛我！」甚至加強語氣說：「你真的很愛我！」你將會看到對方的眼睛裡，有幸福的光芒閃爍。

有位朋友談感情時，很有好勝心，連付出愛都不肯輸給對方。他常告訴情人：「我比較愛你！」大多數的時候，對方不是沒有反應，就是與他辯論說：「哪有？我覺得我比較愛你耶！」唯獨現任的這個伴侶，溫柔地回覆說：「你的確比較愛我。」讓他很感動。

願意誠心接納並肯定對方的付出，讓彼此的愛對等，更是一種很有自信的表現。我想，他的這位情人一定是很貼心、很懂事，才寧願禮讓他坐上愛的衛冕者寶座，自己享受被愛的幸福。

阿德勒
勇氣心理學的
古典教導

克服困境的最佳策略，
就是保持快樂的心境。
歡笑的能量，令人感覺
心情舒暢，而且自由自在。
快樂，可以超越自我，
與他人融為一體，並且產生共鳴。

吳若權
給現代男女的
溫柔提醒

在相處中要做到：感謝、祝福、懺悔與承擔。
感謝你繼續讓我愛著；
祝福你可以順心如意；
懺悔我曾經對你造成的困擾或束縛；
勉勵自己要承擔更多愛你的責任。

每天都要愛得快樂，才能讓幸福細水長流。

如果，戀愛是一種修行，每一次說「我愛你」，就像重複練功的動作，每個情人會如何說出這句「我愛你」？用什麼語氣、哪種心情？

我們可以想像，這會有很多可能，甚至是完全不同的層次。包括：

1.隨便應付、有口無心；

2.誠心正意、認真執行；

3.深刻體驗、再三承諾。

年紀很小的時候，我們可能說得很害羞。漸漸地，懂得羨慕那些很勇敢把

「我愛你」掛在嘴邊的人。只要聽說身邊有哪一對情侶或夫妻，彼此天天都會互相說「我愛你」，就確認他們絕對是很幸福的佳偶。

長大以後，才知道，天天說「我愛你」，而且不是出自於一種習慣或是應付，真的是很不容易的一件事。

因為用心說出的「我愛你」，不只要有認真的語調、溫柔的眼神，還要打心底發出愛意。而這份愛意，不是當初熱戀期間表面的光華美麗而已，它甚至已經穿過歲月長廊，有過滄桑的痕跡。甚至發生過無數次摩擦、疑惑、哀怨，最後還能夠不忘初衷，繼續回到愛的本質，明明感慨萬千，卻能化成淡淡的一句「我愛你」。感情，底子很深厚；愛過，也能不露痕跡。

當我走過感情的千山萬水，更深切地知道，每一次對所愛的人說「我愛你」，都有著更多感謝、祝福、懺悔與承擔。

感謝你繼續讓我愛著；祝福你可以順心如意；懺悔我曾經對你造成的困擾或束縛；勉勵自己要承擔更多愛你的責任。

所謂愛你的責任，不只是陪伴你生活、給你幸福，還必須包括：更多的耐心去傾聽你的煩惱，更多的寬容去接納你的一切，即使你有一天對我負義背離，我都能體諒你一定有不得已的苦衷。

日復一日地做到，感謝、祝福、懺悔與承擔，會帶給自己和對方無限的快樂。每天都要愛得快樂，才能讓幸福細水長流。

就算有那麼一天，你已經不愛我了，我還是會在心底，默默地繼續愛你。義無反顧，別無他慮。

11

麻木的時刻

愛情與婚姻，之所以從激情到麻木，

最大的殺手莫過於雙方無法消磨日復一日的重複。

就像老歌重唱，旋律和歌詞都一樣，就用編曲改變它的風味。

要記住：戀愛中的每次不開心，

都是兩個人必須一起面對的功課，以換得更多開心的理解與經歷。

阿德勒
勇氣心理學的
古典教導

無意識之間養成的能力
時時刻刻都會發揮作用，
只是你自己不曉得而已。
這些能力藏在潛意識之中，
深深影響我們的生活，
並在不知不覺間造成強大後果。

吳若權
給現代男女的
溫柔提醒

愛情與婚姻，之所以會從激情到麻木，
最大的殺手莫過於雙方無法
消磨日復一日的重複。
因此，雙方必須在相處的每一刻，
都以全新的眼光認真對待。

累積幾次一時的輕忽，就會變成長期的麻木。

看到一則滿無厘頭的報導，內容是有關大學生最夯的流行語——「要吃什麼？」竟名列大學生每日生活最重要的一句話！這是來自Yahoo!奇摩新聞一百八十萬粉絲團的意見，調查的樣本數多到驚人，發現的結果也很具代表性。

在台灣經濟不景氣的年代，幾乎百業蕭條，餐飲業卻一枝獨秀，可見「民以食為天」依然是真理。吃，不只是單純顧肚皮而已，還有抒壓和療癒的功能。

「要吃什麼？」看似很生活化的問句，對於剛陷入熱戀的情人來說，卻是很慎重的主題，代表彼此對感情的用心程度，也是雙方興趣和喜好的探索。若當兩人已經對於「要吃什麼？」表現出很無所謂的態度，只能說他們的感情不是淡了，就是太理所當然了。甚至到「他要吃什麼關我什麼事？」的地步，這段感情可說名存實亡。

只要累積幾次一時的輕忽，就會變成長期的麻木。愛情與婚姻，之所以會從激情到麻木，最大的殺手莫過於雙方無法消磨日復一日的重複。因此，雙方必須在相處的每一刻，都以全新的眼光認真對待。否則，只要連續幾次打馬虎，很快就從天堂墜落地獄。

舊式傳統的家庭，都由女主人一手操持家務，或許她平日勞累到說不出對丈夫或子女的愛意，但她總是認真無怨地在「柴米油鹽醬醋茶」之間打轉，無論做菜的手藝好不好，光是在乎家人「要吃什麼？」這件事，就足以無遠弗屆傳達她的愛，而且博大精深到連子女長大離家，都還會懷念媽媽的味道。從這裡就可以知道，「要吃什麼？」這個問題有多麼重要。

有個愛吃美食的男人單身已久，好不容易碰到他的「真命天女」，第一次正式約會時去簡單喝了咖啡，接著要安排第二次見面，他很慎重地問對方：「要吃什麼？」女方客氣地說：「隨你的意思都好！」他認真地列出七家餐廳讓對方挑選，女友不只被他的誠意打動，還十分佩服他對美食資訊的通透。

可是等到熱戀期過後，兩人角色互換，變成女友常問：「要吃什麼？」而他的回答卻是：「隨便啦！」態度變化之大，讓她感觸很深。因為，在他們熱情如火的階段，他曾經模仿大野狼的故事，回答過：「今晚我只想吃妳！」這樣的答案呢。

重視感情的人，其實並不在意是否吃到山珍海味，而是迷戀於一起共餐的樂趣。當其中一個人輕忽這樣的樂趣，這頓飯無聊的程度，就足以令人食不知味了。

「要吃什麼？」的確是要花點腦筋的問題，當你願意花時間想一下答案，表示你還真心誠意地活在當下。當你的答案是：「隨便啦！」可能是隨緣自在的生活態度，也可能是你對什麼都不在乎了。

阿德勒勇氣心理學的古典教導

當你回顧既往，
無論記憶裡出現了什麼，
必定是讓你有所感觸的事物，
情緒勾起你的回憶，
從這裡可以找到一些人格的線索，
以及判定你的生活風格。

吳若權給現代男女的溫柔提醒

不要用之前的因，解釋現在的果。
只要能夠熬得過重複、耐得住平淡，
在必須回應負面情緒的當下，
做出不同於以往的選擇，
就能從既有的錯誤模式中掙脫。

當愛情變得像一首老歌，你可以試著改變編曲和節奏。

跟新男友走進包廂的那一刻，她才發現自己已經七年沒有進KTV唱過歌。而他點的第一首歌，竟然就是她的前男友專攻的主打歌。

前男友自認歌喉很好，喜歡唱歌給她聽。自謙為音癡的她，順理成章成為最好的聽眾。即使在前男友的歌聲裡，聽見他對前女友的緬懷，她還是掩飾內心添加醋意的感傷，認真地鼓掌。

分手之後，她的感情生活空窗多年。日子在上班、下班之間，一陳不變地流失。她不否認：一個人，可以過得很好；但是，或許兩個人，能夠更幸福。前者，是她適應了很久才體悟到的快樂；後者，是她直到最近開始這段新戀情，才有的感受。

新男友，人長得很帥，個性體貼，喜歡唱歌。整個人的感覺，和前男友有幾分近似。這是她在見過他幾次面之後，就已經發現的事實。沒有意料到的巧合竟是，前後兩任的男友，竟在不同的KTV點了同一首歌。

閉上眼睛，專注傾聽，她好像回到上一段戀情裡的某一天、某個角落、某種心情。

這樣的體會，教人感慨萬千。彷彿好不容易掙脫一個刺痛過你的肩膀，經過多年的止痛療傷，而今撲向另一個全新的懷抱，卻發現那是一個很近似的胸膛。她感到十分熟悉，卻也略感恐慌。

愛情，常常就像老歌重唱，每個段落都有例行性的重複，旋律和歌詞都是一樣的，唯有編曲的形式可以改變它的風味，即使換湯不換藥，至少有點新鮮。

最怕的是，我們一直在愛情裡重複同樣的命運——愛上相似長相、同樣個性的情人，然後兩個人一起犯著和過去那段戀愛相同的錯，在類似的情境中爭吵，而再次重複分手的結局。

很多情侶在熱戀期結束以後，一旦新鮮感沒有了，彼此的互動方式，只是麻木不仁地例行轉動著，導致後來也因為平淡無味，或其中一方不甘於平淡而出軌，又是另一次感情的撕裂。

若是你幸運地碰到一個可以承諾「讀你千遍不厭倦」的伴侶，能夠讓在愛情中的你不再重蹈覆轍的關鍵，其實並不在於對方是否用不同的方式對待，而是你能否避免犯相同的錯誤。

不要用之前的因，解釋現在的果。只要能夠熬得過重複、耐得住平淡，在必須回應負面情緒的當下，做出不同於以往的選擇，就能從既有的錯誤模式中掙脫。雖然未必能夠留住對方到天長地久，但一定可以讓自己在愛中學習成長，得到另一個更好的自我。

阿德勒
勇氣心理學的古典教導

愛情本身並不能解決問題，
因為愛情有許多不同樣貌。
唯有兩人之間擁有平等的基礎，
愛情才能走上正途，
兩人的婚姻才能成功。

吳若權
給現代男女的溫柔提醒

開心，並非表面上的歡喜或快樂，
而是彼此都願意打開內心的門窗，
讓情感能夠以最坦誠的方式相見。
既能分清楚是誰的課題，
又願意透過互助合作來解決。

學習處理各自的不開心，愛情才會長長久久。

當他第一次很認真地說出：「談戀愛，就是為了開心吧！若不開心，幹嘛談戀愛，一個人也可以過得很好啊。不是嗎？」

她乍聽之下的感覺，是充滿喜悅與幸福，也很慶幸自己能夠不太費力，就讓一個愛她的男人感到開心。

那種開心，真的好簡單。

有時候，是連說話都不必，彼此靜默地互看對方一眼，突然在四目相接時傻傻一笑，雙方都覺得開心。或許，這就是熱戀期最容易令人迷醉的魅力。

可是，這樣的開心，可以維持多久呢？

一個人的生活，總也有不開心的時候，更何況是兩個人的相處。面對來自日常各種不同的挑戰、壓力、挫折，總是在所難免有大大小小情緒的憂慮、緊張、煩惱，並非可以二十四小時笑看人生，也未必可以時時刻刻體貼對方。

於是，當相處一段時間之後，他再一次提到：「談戀愛，就是為了開心吧！若不開心，幹嘛談戀愛？」

個性敏感的她，開始有一些躊躇，疑惑著：「他用這樣的態度談戀愛，如果感到不開心時，是不是就會決定不要這段感情呢？」

開心，誰不想要天天開心呢？

但過來人都知道，兩個人在一起，不會天天開心，要學習處理各自的不開心，愛情才會長長久久。

兩個人相處，若有不開心的時候，應該先看看這個不開心是怎樣引起的？若是來自對方的行為或態度，就要有一方願意適應或改變。若這個不開心，是來自外界的壓力，就要彼此一起面對，同心協力。

戀愛中每一次的不開心，都是兩個人必須一起面對的功課。若每一次的不開心之後，能夠經過彼此學習，而換得更多開心的理解與經歷，就非常值得。

然而，有些不開心的事件，其實是各別分離的課題，若能做到不會彼此牽扯，也比較容易解決。例如，對方身體不舒服，就不是你的錯。你可以關心，可以體貼，但不要硬把責任往自己身上攬。

不妨學習在戀愛中重新定義「開心」這兩個字的意涵，並非表面上的歡喜或快樂；而是彼此都願意打開內心的門窗，讓情感能夠以最坦誠的方式相見。既能分清楚是誰的課題，又願意透過互助合作來解決。

即使有憂愁、苦惱、憤怒、不安，無論是對方引起的，或是外界帶進來的，或根本是獨立不相干的事件，都能夠因為一起面對、接納、學習、處理，而更懂得同理與體貼，就能因此而拉近彼此相愛的距離，擁有心靈上更親密的關係。

阿德勒
勇氣心理學的
古典教導

男女同住在一個屋簷下，
就得像夥伴一樣分擔工作，
沒有尊卑之分。
女性若過分順從，
不僅影響兩性關係，
對男性來說也增加難以
解決的負擔。

吳若權
給現代男女的
溫柔提醒

愛情的世界裡，有它必須存在的公平法則，
彼此的權利與義務，往往都是對等的，
千萬不要恃寵而驕、跋扈專斷，
也不要像刺蝟一樣，
拒絕對方的好意於千里之外。

只要你同等付出真愛，就安心享受對方給你的優先權。

當你跟他在一起的時候，若他常說：「你，優先！」而且說到做到，凡事都以你為優先，就算你覺得這只是他的客套，或是因為兩人還在熱戀期……無論什麼原因，請你好好珍惜這個禮遇，享受你的優先權。而且，最好趁早讓他養成習慣，你永遠優先。

愛，是什麼？有千萬種定義。但是，如果他事事以你為優先，很肯定地，他是很愛你的。

餓了，你先吃；渴了，你先喝；累了，你先睡。這些，都還算是小事。馬桶蓋的位置，以你的方便為優先；擠牙膏的方式，以你的習慣為優先。這些，依然是小事。但是，已經是進階版。

他忙著加班，你打電話去問候，他立刻放下公務，以接你的電話為優先。你好不容易有一段假期，他推掉朋友邀約的應酬，以陪伴你為優先。他戒掉喝飲料的習慣，以和你一起儲蓄為優先。甚至連性愛的高潮，他都以你為優先。這些，表示他很認真要跟你共度一生了。

等到你們共結連理，他唱起那首情歌，還堅持有一天老了，若終究要離開人世，他也忍痛讓你優先，願意照顧你，陪你走最後一程。這樣的優先，夠莊嚴了。

回想起來，你有沒有真正享受過優先權？

多少，可能，應該是有過的。只是你忘了這些優先權，是如何一點一滴消失的？你甚至不記得，是自己太過於習以為常地推卻，才讓原本尊榮的地位降格？所有相愛過程中，你理應享受的優先權，常隱沒於你口頭的推辭：「不用啦！」「我自己來！」「我不急啊。」「你先忙。」它們也常匿跡於你的主動積極，

名人的情感日常練習：

假如你記不住為了愛情而做出的一件最傻的事，你就不算真正戀愛過；假如你不曾絮絮說著戀人的好處，使聽的人不耐煩，你就不算真正戀愛過。

二十世紀法國作家
羅曼・羅蘭（Romain Rolland）

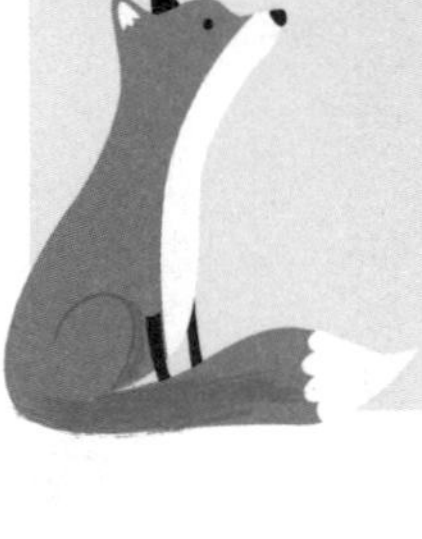

獨立自強，樣樣都搶著自己做。

這些行為反應，來自你根深蒂固的自卑心態：你始終覺得自己不值得對方為你付出；你非要回過頭來做牛做馬，才能心安理得。

於是，你的退讓，你的委婉，你的客氣，你的謙卑，都漸漸演變成一種無聲的宣示，彷彿在告訴對方：「你不要對我太好，我承擔不起。」

結果對方就以為你真的不喜歡這些優先權，或是你的婉謝給了對方懶惰的下台階，漸漸地，他收回對你的尊寵。幸則，你們開始平起平坐；不幸，你從此緊追在後。

如果時間可以重來一遍，你不只要享受他寵愛你時給的優先權，還要讓彼此養成習慣，你永遠是最優先、最重要的。

但也別忘了，真正可以長期享有這樣的優先權，是來自於你相對的尊重與付出，能夠與之匹配，而不是一味地委屈與討好。

只要你同等付出真愛，就安心享受對方給你的優先權吧。愛情的世界裡，有它必須存在的公平法則，彼此的權利與義務，往往都是對等的，千萬不要恃寵而驕、跋扈專斷，也不要像刺蝟一樣，拒絕對方的好意於千里之外。否則，你會得到另一個你最不想要的優先權：分手。

到了那一天，他一轉身，讓你優先離開他的視線。你失去被他專寵的權利，將因此後悔莫及。

阿德勒勇氣心理學的古典教導

你擁有權利，
不為滿足別人的期待而活著；
對方也有權利，
不為滿足你的期望而改變他自己。
寬容地看待差異，
尊重對方真實的樣貌，
這是一種相處的勇氣。

吳若權給現代男女的溫柔提醒

愛情，總要磨難到雙方都疲憊的時候，
才真正看清彼此最真、也最深的性格缺點。
每個人都不完美，
真正美好的，是當你清醒後，
還覺得對方的缺點很可愛。

當對方現出原形後，你還愛他，這段愛情就比較穩定。

如果你愛對方多一點，而他又是一個會賴床的人，你肯定樂於當他的鬧鐘。

還沒住在一起的時候，無論你昨晚睡得多遲，總是刻意提早起床，比他預定要醒的時間推前了一時半刻，為的就是要把他叫醒。你連分秒都掙扎，既想讓他多睡一點，又怕他睡太晚，耽誤該有的行程。

直到從電話那端傳來他迷糊的聲音，像個賴皮的小孩，撒嬌地跟你說：「早安！好啦，我起床了。」你所謂美好的一天，是從這一刻開始的。

這時候的你，還是以當他的人肉鬧鐘為榮。你會在朋友面前驕傲地說：「他每天清晨都要靠我叫他，才醒得來。」甚至假裝哀怨地說：「好難叫喔。」但其實你心中是很開心的。每天叫醒他，是你獨享的專屬權利；你深怕失去這樣的權利，希望他永遠依賴你。

你們住在一起之後，他賴床的本性若還不改，你不必透過電話叫醒他，成了一只活生生的人肉鬧鐘，隨侍在側地等著耐心叫他起床。

漸漸地，你會發現：叫醒他，一天比一天困難。他愈來愈失去警覺，你愈來愈失去耐性。總有那麼一天，你們會為了叫醒他這件事而嘔氣。你終於在叫不醒他的僵局下，看到他個性裡一些不可愛的地方。很明顯地，你累了。而他也在這個時候，現出原形。

愛情，總要磨難到雙方都疲憊的時候，才真正看清彼此最真、也最深的性格缺點。每個人都不完美，真正美好的，是當你清醒後，還覺得對方的缺點很可愛。當對方現出原形後，你還愛他，這段愛情就比較穩定；否則，你會急著想逃。

一個不需要鬧鐘就可以自己醒來的情人，是很可怕的。因為，他太自律，也太神經質。一個靠好幾個鬧鐘都叫不醒的情人，是更加可怕的。因為，他太依賴，也太軟弱，太沒有責任感。

真正的好情人，只需要一個鬧鐘，只要鈴聲輕響，就會清醒過來。既不賴床、也沒有起床氣。他捨不得你當他的人肉鬧鐘，因為他希望你比他多睡一點，他希望你的夢比他更甜。

如果你當過情人的鬧鐘多年，分手以後必定感到萬分惆悵。你在真實的人生中叫醒他無數個春夏秋冬，卻忘了在愛情的世界，即時叫醒自己。

原來，最會賴床、一直不肯醒來的人，是自己。

12

分手的時刻

人生總有幾次不完美的愛情，被蓋上瑕疵品，以「分手」退貨終結，
然而並非大哭幾場，你的心就會完好如初。
放下一段感情好難，耽溺於自卑、自責、自傷之後，
重要的是，在這些缺憾的愛情中，我們學到了什麼？
即使分手多年，能否祝福對方，也祝福自己？

阿德勒
勇氣心理學的
古典教導

虛榮的人只要出錯，
總是習慣推卸責任，
自己一定正確，別人一定犯錯。
其實，誰對誰錯並不重要。
真正重要的是，生命中
追求的目標是否已經完成。

吳若權
給現代男女的
溫柔提醒

分手的那一刻，
並不是「男友」變成「前男友」，
或「女友」變成「前女友」的絕對標準。
唯有當你打從心底放過自己的時候，
對方感情的頭銜才得以改變。

分手，是很長的進行式，要能彼此祝福，才算完成儀式。

男友，什麼時候會變成前男友？女友，什時時候會變成前女友？答案，未必是分手的那一刻。

感情的事，切割的分界點，有時候模糊到當事人都弄不清楚。不像企業界或政治圈，卸任的首長或主管，從離職下台那一刻就被稱為「前總經理」、「前部長」、「前局長」；或許當某個女孩跟男友分手之後，她的朋友會把那個男人稱之為「妳的前男友」，但是當事人並不一定是這樣認定的。

男友，什麼時候會變成前男友？女友，什時時候會變成前女友？並不能絕對地以分手的那一刻切割。只要感情還在心底殘存著美好的記憶，就像往事總是過不去似的，即使已經決定不再繼續交往，心理上那個貼著男友或女友標籤的位置，從來沒有換掉過。

有個女孩跟我說，她和男友分手兩年多，對方已經交往新的女友，但她還是沒有真正忘記他，無論愛或恨都尚未過去，他好像還是一直佔在「男友」的席次。理智上，他確實已經從「男友」的位置上卸任；但情感上，他並沒有成為「前男友」。

幸運的話，或許等到有那麼一天，女孩交了新的男友，當新的感情穩定下來，新男友坐上她心中「男友」的位置，那個分手兩年多的男人，才會真正變成她的「前男友」。

運氣差一點的話，不論過了多久、有沒有新的男友，那個男人就這樣空前絕後地穩坐在她心中「男友」的位置，沒有被後來的任何一個男人以「後來居上」

的位置取代掉。這樣的執著，或許可以讓她停留在過去的美好裡，卻也成為她走向未來幸福的阻礙。

以時間為軸線，分手的那一刻，並不是「男友」變成「前男友」，或「女友」變成「前女友」的絕對標準。即使「死心」、「忘了他」，也不是改變頭銜的原因。真正的關鍵點其實是「釋懷」，唯有當你打從心底放過自己的時候，對方就跟著降級成為「前男友」或「前女友」了。

分手，是很長的進行式，不是說了「再見」就完事，也並非兩個人以簡訊、手機，或見面講講就算數。至少要到被辜負的那個人，真正放過自己，對往事完全釋懷，才算告一個段落。

而分手最終，將成立於彼此可以互相祝福，才算真正完成儀式。

阿德勒
勇氣心理學的
古典教導

不同環境下出現任何錯誤的反應，
代表著人們在心靈成長的
旅程中不斷地嘗試，
試圖尋找正確的應對方法。
生命就這樣在嘗試錯誤中前進，
像一場永不止歇的實驗。

吳若權
給現代男女的
溫柔提醒

必須要對感情有過強烈的憧憬，
才讓原本膽怯的人，可以變得義無反顧。
即使，最後那段感情沒有真正開始，
甚或無疾而終，
也能夠為成全對方的自己盡情喝采。

曾經為愛勇敢過，才會發現：放手，比牽手更動人。

他努力追求她的那段時間，正好她積極力行減重精實計畫。她的身材其實已經很標準，但她希望更完美。

缺少美食的素材，這個她不能吃、那個她不能喝，約會能安排的節目，變化很有限，只能享受平淡的樸實。

每天下班後，她要去健身房。他在另一家公司，加完班後去接她。這時候，能夠享受的美食，是她家巷口老店的無糖豆漿，搭配便利商店的茶葉蛋。她節制到甚至連蛋黃都不吃，他為避免暴殄天物，撿拾了她的廚餘。於是他的宵夜包括：一顆完整的茶葉蛋，加一個剝去蛋白的蛋黃，和一杯無糖豆漿。

這段曖昧的時光，因為這些豐富的味道，令他感覺分外甜蜜啊。這是過了幾年以後，他都無法忘懷的濃郁。

後來，他沒有正式成為她的男友。進行到過馬路牽手的階段後，她很坦白而簡潔地用手機裡的通訊軟體告訴他：「真抱歉，我沒有來電的感覺。」

他很識相地放手，朋友說他太軟弱，沒有堅持到最後。他卻認為，一段不能走到白頭的感情，若能在彼此尚未難堪的畫面停格，至少保留了讓回憶甜美的權利。

當你有過豐富的感情經歷，就不得不承認，有時候，放手比牽手更動人。

沒有多久，她搬到另一個社區，也正式交往一位新男友。她把情深緣淺的他，當作姊妹淘似地，不管感情上發生什麼事，都來找他傾訴。他耳朵聽得感覺酸酸的，嘴裡卻只能甜甜地說祝福。

因為想念她，而刻意經過往日的巷口。他先去便利商店買了一顆茶葉蛋，再去老店買一杯無糖豆漿。淺嚐幾口，就發現豆漿變得淡而無味，像一杯添加乳白顏料的開水。原來，當年感覺濃郁的，不是豆漿本身，也不是盲目熱戀的愛情，而是能夠不顧所有成敗、勇敢奮力一搏的自己。

是啊，是必須要對感情有過強烈的憧憬，才讓原本膽怯的人，可以變得義無反顧。或許，每個人都要為愛勇敢過，才會發現：放手，比牽手更動人。即使，最後那段感情沒有真正開始，甚或無疾而終，也能夠為成全對方的自己盡情喝采。

阿德勒
勇氣心理學的
古典教導

失敗或成功
並非由過去的經驗所決定，
如果我們只是從經驗中
提取一小部分
來確定生命中的目標，
那麼就不會被過往的經驗擊敗。

吳若權
給現代男女的
溫柔提醒

即使你找出一百個
當初需要留意對方可能會變心的徵兆，
也無法挽回無預警分手的事實。
你生氣的不是失去他，
而是不甘心被這樣對待。

無預警的分手，最痛也最美，只需要勇氣承受結果，不用費心猜疑。

天下最令人厭惡的「事後諸葛」之一，莫過於在你剛分手的時候，朋友就對你說：「其實我當初有看出很多蛛絲馬跡，難道你都沒發現嗎？」

你想，這位朋友很壞，不夠義氣。如果在你們如膠似漆時，就看出情人會背棄你，為什麼不早說呢？更差勁的是，事到如今也不用他再多嘴了，這人卻來這裡展示自己眼光獨具。這，算什麼呀！

可是，你回頭站在這位「事後諸葛」朋友的立場想想：換做是你，會在朋友戀情打得火熱的時候，冒失地提出忠告，預警他正交往的對象有問題嗎？即使你願意這樣做，對方當時未必會相信你，事後也不一定懂得感激。

於是你開始反省：為什麼別人都看出來的問題，自己卻傻呼呼地完全被蒙在鼓裡？

他曾經在你面前，滑看手機的訊息後，冷不防地刪掉一則訊息；午夜的枕邊，你發現他的手機震動，原來他跟你在一起時都設定成靜音；他說他很忙在加班，連假日都要開會，你卻從沒有懷疑過真假。

尤其是那種無預警的分手，最讓心碎的人想要去回溯，自己忽略哪些預兆，才會淪落到「被人賣掉，還幫著數鈔票！」的窘境。但若事情已經到了這地步，愈想要找出分手的預兆，就會愈痛苦。

相信我，你不會因此變得聰明，也不會從此學會偵查。即使你找出一百個當初需要留意對方可能會變心的徵兆，也無法挽回無預警分手的事實。你生氣的不是失去他，而是不甘心被這樣對待。

但是，我聽過一位經歷過無數次心碎的朋友，多次因為失戀而墜落於生命谷底，以為自己已經粉身碎骨，拚著命爬起來後說：「無預警分手是最美的，他讓我享受完美的愛情到最後一刻。所幸我沒有提早意識到會有這樣的結果，不然分手前可能猜疑很久，兩人都很痛苦，甚至吵鬧不休。」

無預警的分手，最痛也最美，你只需要勇氣去承受，不需要費心去猜疑。

這是過來人的經驗，只要不是刻意當鴕鳥，有些醜陋的事情，還是不需要提前知道比較好。

至少，分手前還能保有一份美好的過去，沒有把彼此都撕裂到遍體鱗傷。

阿德勒
勇氣心理學的
古典教導

人的一生並不
僅僅只是經歷事物的本身，
更重要的是——
體驗這些事物，
對我們的人生
有著什麼樣的意義？

吳若權
給現代男女的
溫柔提醒

愛情逆向思考定律是：
我們往往要等到青春浪擲
在很多不值得的人的身上後，
在那些不是愛的經驗裡，
學會辨識什麼才是真正的愛。

沒有誰的青春是平白浪擲的，分手後的自我成長，讓一切都值得。

離開一段時間後，你回頭去看那幾年，不禁發出深沉地喟嘆：「我把青春都浪擲在他身上了。」

然而，青春就是如此啊，不是嗎？

青春的優勢，就在於當時年輕的自己，以為這一切是可以無盡揮霍的。而自己願意愛著對方，願意付出的心，來自內在堅定的金剛不壞之身。

為了一個誤會，可以搭深夜出發的班車，以來回五小時的車程，去解釋、去澄清。為了等他下課或下班，可以在雨中淋濕全身，只要不錯過對方的一抹微笑、一個身影，就無悔地駐足街頭，引領期待。為了給對方一個驚喜，把省吃儉用半年存下的積蓄，買到他最愛的禮物。

在你和他的愛情來到終點站之前，這些都是超級唯美的畫面。你不只愛上他，也愛上勇敢付出的自己。

直到有一天，愛情的列車尚未抵達終點，他突然轉乘別班列車遠去，把你孤單地留在月台，踽踽獨行在荒蕪的感情世界，多年以後你才發現：「我把青春都浪擲在他身上了。」

很多分享成長經驗的書籍，作者都會苦口婆心地安慰我們：你的青春並沒有真正地白白浪費掉，只要你在過程中不斷反省，在挫折中學會教訓，就會孵化出新的夢想。

話雖沒錯，但肉體的青春確實無法回復，只能期待自己心智成熟。

愛情逆向思考定律是：我們往往要等到青春浪擲在很多不值得的人的身上

名人的情感日常練習：

你問我愛是什麼？愛就是籠罩在晨霧中的一顆星。

十九世紀德國詩人
海涅（Christian Johann Heinrich Heine）

後，在那些不是愛的經驗裡，學會辨識什麼才是真正的愛。然後很幸運地在人生歷盡滄桑的某一站，遇見一個前世今生注定要相遇的有緣人，才會明白：真正的愛，是取之不竭、用之不盡的。

你將會發現：沒有誰的青春是平白浪擲的，分手後的自我成長，讓一切都值得。

阿德勒勇氣心理學特別強調：並不是外在客觀的經驗，把我們的心靈帶離發展的正軌，而是我們的心態，以及用以衡量事物的角度與方法。

當你面對過去的情感挫折，經常想起那些曾經被浪擲的青春，不一定是件壞事，要看你自己如何詮釋過去的經驗。所有你曾經碰到過的壞情人，很可能都是在訓練你，如何在下一次找到更適合自己的對象。

直到你有了這份領悟，不再怨恨對方，不再可憐自己，就開啟了一扇愛情的新窗，看見與過去截然不同的幸福視野。

那些你曾經為愛所浪擲的青春，原來都是為了獲得智慧與勇氣，以交換這一段無悔的愛。乃至於你的所有童年遭遇，都在這裡得到療癒。那些不被愛、或被溺愛而驕縱的記憶，都是為了懂得什麼是真正的愛。那些過去的怯懦，只為了現在的勇敢。

而你會在這個經驗裡發現：付出愈多，得到愈多。你已經失去青春的肉體，卻重拾青春的勇氣。你再度愛上勇敢付出的自己，才體會到：容顏易老，內在的青春無敵。

阿德勒
勇氣心理學的
古典教導

一般人憑藉著勇氣，而追求成功。
心理學家的任務，就是
幫助當事人，把絕望變成希望，
讓他可以鼓起最大的勇氣，
聚積最多的力量，
去做有用的事情。

吳若權
給現代男女的
溫柔提醒

逝去的愛，像凋落的花，
化作春泥更護花，
但你不能只是對著泥土哀悼，
必須重新栽種不同的花，
未來才會看到另一番繽紛的景象。

愛情離開後，最豐盛的代價，是你懂得放下過去，重新滋養自己。

玫瑰，是愛情的象徵，但並非唯一的圖騰。西方神話裡，常用紅玫瑰來代表愛情的珍貴；東方文化中，更善於運用其他花朵，例如百合、牡丹等，來傳達幸福的意念。

離開紅塵俗世的制約，回到個人的秘密花園裡，你是否想過，哪些花草最能代表你的心情？它們是含苞待放地等著有緣人，或正光鮮亮麗地為所愛的人盛開著，還是早已經凋零在荒煙蔓草之間？

隨著年歲的逐漸增長、愛情的體驗豐富，屬於你的秘密花園，或許已經增添過不少花卉。回頭看看那片土地，花開花落過幾回，你會是個好園丁嗎？你照顧花草的耐心與技藝，是自信愈來愈好了，還是放棄得愈來愈多了呢？

曾經有位中學生，拿著出自教科書的考題問我：「『原來姹紫嫣紅開遍，似這般都付與斷井頹垣。』是怎樣的情景？」

我猜想這個年紀的孩子，對於愛情的種種體驗，應該還是美好的想像，遠多於實際的滄桑。如何在「姹紫嫣紅」與「斷井頹垣」之間，體會人生的無常？當綻放與失落在生命的某處花園交陳錯置，該如何看待自己？

雖然每段愛情未必以幻滅終結，但我們總要錯過幾個人、經歷一些事，才慢慢懂得這意境：「原來姹紫嫣紅開遍，似這般都付與斷井頹垣。良辰美景奈何天，賞心樂事誰家院！朝飛暮卷，雲霞翠軒；雨絲風片，煙波畫船。錦屏人忒看的這韶光賤！」（明．湯顯祖《牡丹亭．驚夢》「皂羅袍」曲）

幸好，儘管青春易逝，總盼來日方長。

有一天，我們讀懂了這一切，也知道如何守護心中的秘密花園，不再任其荒蕪。當遍體鱗傷之後，將知道屬於你的泥土，會長出怎樣的花草？你終於懂得取捨，不再執著。

愛情離開後，最豐盛的代價，是你懂得放下過去，重新滋養自己。

阿德勒的勇氣心理學，不認為一個人的過去，會有多麼不可動搖的影響力，也不認同宿命論，反而主張：事在人為。唯有自己，可以決定人生的樣貌；也唯有自己，可以改寫人生的劇本。

逝去的愛，像凋落的花，化作春泥更護花，但你不能只是對著泥土哀悼，必須重新栽種不同的花，未來才會看到另一番繽紛的景象。

如果愛情是一座花園，即使它曾經燦爛，而今殘敗，都無關緊要。最重要的是，你知道接下來要種植什麼花，然後用盡心力，讓真正屬於你的花朵可以盛開，讓你創造的幸福得以綻放。

個體心理學大師阿德勒：自卑與超越的典範

阿爾弗雷德．阿德勒（Alfred Adler），水瓶座。一八七〇年二月七日出生於奧地利維也納，被稱為「自我啟發之父」。創立「個體心理學」學說，與佛洛伊德、榮格並列心理學三大巨擘。

家有六名子女，阿德勒排行第二。父親經商，家境不錯。但阿德勒從小體弱多病，罹患軟骨病和聲門痙攣症，無法像一般孩子活蹦亂跳，在身體健壯的哥哥面前感覺自卑。弟弟在他三歲時罹患白喉症，夭折在他身旁的嬰兒床上。阿德勒五歲時染上肺炎，在鬼門關前被救回。童年時期與死亡近距離接觸等恐懼的經歷，讓阿德勒立志要成為醫生。

取得醫學博士學位後，阿德勒曾歷任眼科、內科醫師。他特別注意人體器官的侷限，認為這些侷限導致自卑，而自卑正是驅動一個人採取行動，能有所進步的動力。自卑感本身並沒有什麼不好，但若無法克服自卑而導致「自卑情結」或「優越情結」，就會變成人際關係的障礙。

一九〇二年那個階段，阿德勒曾與以《夢的解析》聞名的佛洛伊德走得很近，甚至成為核心成員。九年後，阿德勒因為不苟同佛洛伊德過度強調「性欲」對人的影響而發生衝突，從此離開佛洛伊德學派。

一九一二年，阿德勒發表論文〈神經質性格〉，正式奠定「個體心理學」的基礎。正當他的學說即將大鳴大放之際，第一次世界大戰爆發，阿德勒進入奧地利軍隊擔任神經心理科醫師。阿德勒從此確定「個體心理學」最終目的是促進人類和諧共處，「利他」是最終極的貢獻。

戰後，他關心兒童的心理發展，積極從事問題兒童的心理諮商工作。後來因為他的猶太人身分遭到政治迫害，便逃離歐洲家鄉遷往美國定居。長島醫學院特別開設醫學心理學院迎接大師，還邀請他擔任院長，將個體心理學說引進美國。阿德勒開始積極展開以演講推廣理念、診治病人的生涯。最高紀錄一個月內曾在四個國家，進行五十六場演講。一九三七年五月，疑似過度勞累，於清晨散步時心臟病發逝世。

阿德勒學派，曾經因為他是猶太人身分而受到忽視。但真理總是不會感到寂寞，在二十一世紀的今天，阿德勒的「自卑情結」與「社會意識」，再度被世人所重視，核心理念廣為流傳，成為各界家庭教養的指南，也為大眾指引人生方向。

參考書目與延伸閱讀

- 阿德勒著，2016，《阿德勒談人性：瞭解他人就能認識自己》（林曉芳譯），台北：遠流。
- 阿爾弗雷德·阿德勒著，2016，《生命對你意味著什麼》（王倩譯），台北：海鴿文化。
- 阿德勒著，2015，《阿德勒心理學講義》（吳書榆譯），台北：經濟新潮社。
- 阿德勒著，2014，《自卑情結：你的困境，由你的認知和生活風格決定》（文韶華譯），台北：人本自然文化。
- 阿德勒著，2014，《你的生命意義，由你決定：著名個體心理學大師的不朽鉅作》（盧娜譯），台北：人本自然文化。
- 古賀史健、岸見一郎著，2014，《被討厭的勇氣：自我啟發之父「阿德勒」的教導》（葉小燕譯），台北：究竟。
- 古賀史健、岸見一郎著，2016，《被討厭的勇氣二部曲完結篇：人生幸福的行動指南》（葉小燕譯），台北：究竟。
- 岸見一郎，2015，《其實你不必為了別人改變自己：一定可以實現的阿德勒勇氣心理學》（林詠純譯），台北：木馬文化。
- 岸見一郎，2015，《拋開過去，做你喜歡的自己：阿德勒的「勇氣」心理學》（楊詠婷譯），台北：方舟文化。
- 小倉廣著，2015，《接受不完美的勇氣：阿德勒100句人生革命》（楊明綺譯），台北：遠流。
- 中野明著，2015，《勇氣心理學：1小時讀懂阿德勒》（黃紘君譯），台北：天下雜誌。
- 張英熙著，2013，《看見孩子的亮點：阿德勒鼓勵原則在家庭及學校中的運用》，台北：張老師文化。

國家圖書館出版品預行編目資料
愛的每一刻，都能安心做自己！──阿德勒勇氣心理學的情感日常練習／吳若權 著.
–初版. --臺北市：遠流, 2017.03
面； 公分. --（綠蠹魚叢書；YLNA24）
ISBN 978-957-32-7958-7（平裝）
855 106001745

綠蠹魚叢書YLNA24

愛的每一刻，都能安心做自己！

阿德勒勇氣心理學的情感日常練習

作者：吳若權
插畫：李星瑤

資深主編：鄭祥琳
編輯：盧珮如
行銷企劃：鍾曼靈
美術設計：謝佳穎
出版一部總編輯暨總監：王明雪

發行人：王榮文
出版發行：遠流出版事業股份有限公司
地址：臺北市南昌路二段81號6樓
電話：（02）2392-6899 傳真：（02）2392-6658
郵撥：0189456-1

著作權顧問：蕭雄淋律師
2017年 3月1日 初版一刷
2017年 3月10日 初版二刷
定價：新台幣340元（缺頁或破損的書・請寄回更換）

ISBN 978-957-32-7958-7

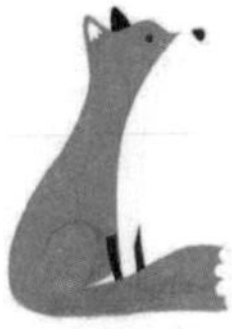

遠流博識網
http://www.ylib.com E-mail: ylib@ylib.com